पांच दिन

तथा आरम्भिक कहानियां

सुनीता जैन

हिन्द पॉकेट बुक्स
पेंगुइन रैंडम हाउस इम्प्रिंट

हिन्द पॉकेट बुक्स

यूएसए। कनाडा। यूके। आयरलैंड। ऑस्ट्रेलिया। सिंगापुर
न्यू ज़ीलैंड। भारत। दक्षिण अफ्रीका। चीन

हिन्द पॉकेट बुक्स, पेंगुइन रैंडम हाउस ग्रुप ऑफ़ कम्पनीज़ का हिस्सा है,
जिसका पता www.hindpocketbooks.com पर मिलेगा

पेंगुइन रैंडम हाउस इंडिया प्रा. लि.,
चौथी मंजिल, कैपिटल टावर -1, एम जी रोड,
गुड़गांव 122 002, हरियाणा, भारत

पेंगुइन
रैंडम हाउस
इंडिया

प्रथम संस्करण 2009 में हिन्द पॉकेट बुक्स द्वारा प्रकाशित
यह संस्करण 2019 में प्रकाशित

10 9 8 7 6 5 4 3 2

इस पुस्तक में व्यक्त विचार लेखक के अपने हैं, जिनका यथासंभव तथ्यात्मक सत्यापन किया गया है, और इस संबंध में प्रकाशक एवं सहयोगी प्रकाशक किसी भी रूप में उत्तरदायी नहीं हैं।

ISBN 9789353491079

मुद्रकः रेप्रो इंडिया लिमिटेड

www.penguin.co.in

FSC www.fsc.org
MIX
Paper from responsible sources
FSC® C047271

This is a legitimate digitally printed version of the book and therefore might not have certain extra finishing on the cover.

हिन्द पॉकेट बुक्स

पांच दिन

तथा आरम्भिक कहानियां

सुनीता जैन हिन्दी और अंग्रेज़ी की आधुनिक कहानीकार और उपन्यासकार हैं। वे एक कवयित्री के रूप में भी प्रसिद्धि प्राप्त कर चुकी हैं। अम्बाला में जन्मी सुनीता जैन ने 'स्टेट यूनिवर्सिटी ऑफ़ न्यूयार्क' से अंग्रेज़ी साहित्य में एम. ए. किया था। इसके बाद उन्होंने 'यूनिवर्सिटी ऑफ़ नेब्रास्का' से पीएच. डी. की उपाधि प्राप्त की। शिक्षा और साहित्य का 'पद्मश्री' अलंकरण प्राप्त करने वाली सुनीता जैन, अंग्रेज़ी और हिन्दी में बेहतरीन कविताएँ लिखतीं है। उनके उपन्यास, लघुकथाएँ, रचनात्मक अनुवाद और आलोचनात्मक विश्लेषण पाठकों की भरपूर सराहना अर्जित कर चुके हैं। कई पुरस्कारों और फैलोशिप उनके खाते में दर्ज हैं।

अपनी प्रिय पाठक, मोहिनी हिंगोरानी को,
जो मुझे बिना जाने पिछले तीन दशक से
मेरे लिखे को चाव से पढती आ रही हैं।

अनुक्रम

पांच दिन

आरम्भिक कहानियां

पांच दिन

बाट

धूप उसकी चटाई पर आ गयी थी। लेटे-लेटे उसे लगा कि उसका बदन बहुत तप गया है। सरला कलफ लगी साड़ी में सर्र-सर्र करती पास से गयी, तो उसने आंखें खोलीं। उठती-सी बोली, "बहू, देखना मुझे बुखार तो नहीं है?" सरला बिना रुके रसोई में चली गयी। वहीं से आवाज दी, "शीलू थर्मामीटर लाना जरा..." सरला का स्वर सदा की तरह ही तीखा था। उसे लगा, कड़वा भी हो गया है। उसे मालूम था कि शीलू खेल छोड़ कर नहीं आएगी, न सरला...

न सही। वह फिर चटाई पर सिमट कर लेट गयी। न सही...शरीर जाने कैसा हो रहा था, अन्दर-ही-अन्दर ठण्डा, ऊपर से तपा-सुलगा। ऐसा ही तो मौसम था उन दिनों? ऐसा ही। चटाई पर उसने अपने आप को ढीला छोड़ दिया। सरला फिर सर्र-सर्र कर बिना रुके पास से गुजर गयी। पर उसने उधर से मन फेर लिया। कैसा बुखार री...बुखार तो किसना से था–बच्चों पे क्या जाना? क्या चाहना? उसे बुखार ही तो था उस दिन...

...जिस दिन वह 'ब्याहंली' ससुराल घर आयी थी। हरी सिल्क का लहंगा पहने, जिस पे उसकी दादी ने हफ्तों बैठ कर गोटा-ठप्पा टांका था, और सुर्ख लाल ओढ़ना ओढ़े, सलमे से मढ़ा, जो उसे मामा दे गये थे। सुबह से 'मुंह दिखाई' कराते-कराते वह थक गयी थी। दो रात से सोयी नहीं थी। बैठे-बैठे वहीं सो गयी। छोटी ननद जब उसे सोता देख

खिल-खिल हंसने लगी, तब भी वह जागी नहीं। हारकर ननद ने हिलाया-डुलाया, "ओ री, भाभी, उठ जा। अभी तो और औरतें आएंगी तुझे देखने।" उसका जी किया था, नहीं उठे। वहीं पसर कर सोये...फिर इधर-उधर देख वह उठ खड़ी हुई थी। ननद भी खूब तेज थी। झट समझ गयी। ओढ़ना ठीक से उढ़ाती हुई बोली, "गुसलखाने चलोगी क्या?" और उसने हल्का-सा सिर हिला दिया था। औरतें इधर-उधर व्यस्त थीं। गलियारे में होती वे दोनों कमरे के पीछे बने स्नानगृह तक आ गयी थीं। "अन्दर मोरी है।" कहकर ननद ने दरवाजा बाहर से बन्द कर दिया था।

जब वह बाहर आयी, तो गलियारा खाली था। कहां गयी? उसे तो घर का, कमरों का रास्ता नहीं आता था। घूंघट माथे से सरकाया। इधर-उधर देखती गलियारे में चली आयी...अरे! सामने तो वह खड़ा था! वही तो–उसका बन्ना शादी की शेरवानी उसने अभी उतारी नहीं थी। दोपहर की धूप में झलमल कर रही थी। उसे तो घूंघट की सुध ही नहीं आयी। सुध तब आयी, जब वही बोला, "गुणमाला!" इन्हें तो मेरा नाम भी मालूम है! वह भौंचक्क देखती ही रह गयी...

गुणमाला! गुणमाला! कैसा संगीत था रे। निरा संगीत। उसे तो सब 'गुणों, गुणों', कहके पुकारते थे। गुणमाला! उसके भी मुंह पर आया था, कह दे, "हां, हां, गुणमाला"...पर कहते नहीं बना। वह अपने गले में पड़ी, चार तोले की चेन खोल रहा था। खोल कर उसके हाथ में धर दी थी, "यह रख...पहने ले..." ननद आ गयी तभी। तभी घूंघट खींच लिया था गुणमाला ने, माला छुपा ली थी। पहली-पहली चोरी की थी जैसे...

जैसे आग ही लग गयी थी बदन में किसना! किसना! किसना...अपने बनने का नाम रटते-रटते वह शाम तक एकदम तप गयी थी। सास ने छू कर देखा। "इसे तो भड़क हो गयी है," वह बोली।

बहू को भड़क हो गयी। भड़क हो गयी...यह बात घर भर में फैल गयी। कम्बल आया। वह लेट गयी जरा भी प्रतिवाद नहीं किया। आंख

बन्द कर पड़ी रही...वही खीमखाब की शेरवानी आंखों में कौंधती रही... ननदें घेरा डाल बैठ गयीं। एक भागती आयी और दोहरी होकर बोली, "सुनो, सुनो, किसन भैया अम्मा से रुपये मांग रहे थे। अम्मा ने पूछा–क्या करेगा, तो बोले–डॉक्टर को जाऊंगा। अम्मा ने कहा–कोई जरूरत नहीं, बहू सुबह तक ठीक हो जायेगी..." ननदें लोट-पोट कर गठरी हो गयीं। वह कम्बल में छुपी रही। होंठ काटती। कितने बरस की थी? बारह बरस की...और फिर सन्नाटा...ननदें चुप! दरवाजे पर 'वह' खड़ा था, हाथ में डॉक्टर का बैग लिये और डॉक्टर उसके मुंह से कम्बल उठा रहा था...

डॉक्टर गया, तो ननदें लौटी। तब तक कम्बल उसने दूर फेंक दिया था, ओढ़ना संवार कर ओढ़ लिया था।

"क्यों जीजी, आज रतजगा नहीं है क्या?" उसने मटक कर पूछा था।

"पर भाभी, डॉक्टर ..."

"अरी, डॉक्टर का मैं के करूंगी, बीबी? मैं तो देखूं थी, तुम्हारे बीरे में कितना दरद है...रुपये कहां से पाये उनने?"

"किसी दोस्त से..." ननदों ने बताया। फिर तो बस वह नाच उठी थी। रात भी छमाछम नाचती रही। बड़े-बूढ़ों में समां बंध गया। कहीं तो होगा 'वह' भी। देखता होगा छिप-विप के...रात भर ढोलक पर गाती रही, और घूमती रही थी, कुम्हार के चाक-सी, अबेर तक। वही माला गले में छुपा कर पहने...डोर जो थी प्रीत की...पक्की-पक्की।

"मां री," वह मैके लौटते समय सास के गले लिपट के बोली थी, "मुझे यह घर अच्छा लगता है।"

सास ने चुमकारा था, "मेरा भी तो मन मोह लिया है तूने। जल्दी ही गौना करवाऊंगी। अब घर तेरे बिना नहीं सजने का, बहू।"

जल्दी बुलाना री, जल्दी। वह अपने पीहर की अमराई में भूली-भूली फिरती। कोई तांगा रुकता दूर से, तो उसे सातवें की पाठ्य पुस्तक में

पढ़ी रत्नावली और तुलसीदास की कहानी याद आ जाती। मेरा किसना भी भाग आया अगर? नहीं, नहीं बड़ी ठिठोली होगी। वह मरद बच्चा है। पीछे-पीछे नहीं आने का...तांगा चल देता, कोई भी उसकी हवेली की तरफ नहीं आता, तो उसका जी छोटा-छोटा हो जाता...गरमी गयी, सरदी गयी, होली आ गयी। तन बढ़नी चीज, बढ़ चला टूट-टूट कर...मां और दादी रोज दोपहर में गौने में दिये जाने वाले सामान को गिनने-बांधने लगीं–नहीं बंधता था, तो उसका मन नहीं बन्धता था। पखेरू-सा फड़फड़ाता फिरता–गुणमाला...गुणमाला!

"गुणमाला!" बाबा आंगन से पुकार रहे थे। "उठ री, गुणों बिटिया..." देखते-ही-देखते गौने का सामान लद गया तांगों में। बदहवास-सी वह विदा भी हो गयी। क्योंकि उसकी सास का बुलावा आया था, "जल्दी भेजो।" पर स्वयं सास ही उसके पहुंचने से पहले चली गयी, राम जी धोरे...बहू के लौटने तक भी नहीं रुकीं। स्वागत में उसे बन्दरवार नहीं मिले। हाहाकार मिली। दो ही दिन में वह बहू से बड़ी हो गयी। कहीं ननदों को लिपटाया, कहीं रसोई संभाली। हथेली की मेहंदी फीकी पड़ गयी। चोटी का समय न रहा। किसना भी खो गया जैसे, याद न आया भीड़-भाड़ में...

वह आया, जब मां को बीस दिन हो गये। मेहमान सब चले गये थे। छोटी बिन ब्याही ननद बिमला उधर ससुर के कमरे में सो रही थी। रसोई के पासवाले कमरे में, मां के ही पलंग पर वह स्वयं दिन भर के श्रम से लस्त पड़ी थी।

"गुणमाला!" वह अंधेरे में उसे टटोल रहा था, "तू तो है न? तू तो नहीं जायेगी न...? मां तो धोखा दे गयी।"

"नहीं! कब्बी नहीं।" वह झट से उठ बैठी थी, "देख लीजो मैं नहीं जाऊंगी। कब्बी नहीं।" खूब रोये थे दोनों। खूब...जब तक किसना की हिचकी रुक नहीं गयी। रुकी तो छाती चौड़ाने लगी आप-ही-आप। और

वह उसी में समा गयी। पूरी-की-पूरी।

"मैं अब पढ़ने नहीं जाऊंगा।" अगले दिन वह बोला था।

"क्यों?"

"शरम लगती है न..."

"शरम का क्या काम किया है कुछ?" उसने छेड़ा था। वह स्कूल नहीं ही गया। दसवें की तैयारी रखी रह गयी। दुकान जाने लगा। बापू भी नहीं बोले। दुकान उसे चटपट संभलवा खुद बिमला के ब्याह की तैयारी में लग गये थे। वह दिन भर घर पर और किशन दुकान पर तेजी-तेजी से काम करते, जैसे तेजी से काम करने से रात जल्दी हो जायेगी...फिर उसकी छाती चौड़ायेगी, फिर वह उसमें समा जायेगी।

बिमला जब तक ससुराल गयी, वह वीरन तो आ गया था। वीरन के दो बरस पीछे गीता। गीता को गोदी खिलाते बापू एक दिन नहीं रहे, तो फिर उसने रात में वैसे ही उसे टटोला था, "यह कैसा विधना है, गुणिया? तू आयी, तो मां गयी। वीरो आया तो बिमला। और छोटी के आते ही बाबू गये..."

"न! मन छोटा नहीं करते, जी। मैं तो यहीं हूं न? देख लीजो।" और एक दिन उसने कहा था, "जानते हो कभी-कभी कैसा लगता है? जैसे घना जंगल है भांय-भांय करता और एक गोल पट्टे पे मैं बड़ी तेज घूम रही हूं। एक गोल घूमनेवाले पट्टे पर तुम भी बड़ी तेज घूम रहे हो...फिर जैसें ही मेरा पटड़ा तुम्हारे पटड़े के पास आया, मैंने अपना छोड़ दिया... अब तुम पकड़े राखियो..."

तीसरे बच्चे की दफे उसका पांव रपट गया, तो न बच्चा रहा, न शरीर ही काम का। बहुत-बहुत दिन तक वह 'बीमार' रहने लगी। उसका ही कलेजा कलप गया था।

"तू तो पगली है री, गुणिया। ये कोई त्रिसना है क्या छिन-छिन की? मेरा गात तो तुझे देख के ही तरिप्त हो जाता है कि नहीं..." किसना ने

उसे समझाया था।

तो भी...तो भी...उसका जी हुमक-हुमक आया। बड़े गहरे बोये होंगे जी, किसी जन्म में, जो ऐसा मरद पाया...

एक बार सामना भी तो कर बैठी थी वह उसका। बस एक ही बार। उसे भी तो कितनी जिद हो गयी थी। नहीं माना, तो नहीं माना। "न, तेरी ये बात नहीं मानने का। वीरा तो शहर पढ़ने जायेगा जरूर। ये बात मेरी पूरी होकर रहेगी।"

"फालतू की जिद है, जी। परमात्मा की कृपा कुल एक तो बेटा है। अपने साथ उठाओ-बिठाओ कौन घड़ी के लिए सन्तान होती है। परदेस भेजोगे, क्या लच्छन सीखे, क्या न सीखे। तुम्हारे ही काम न आया, बुढ़ापे में हाथ न बंटाया, तो क्या मैंने जना, कया तुमने पाया?"

"अरी, तो अपनी खातिर इसके पैर काट दूं? वक्त को देख। गांव-कस्बे में क्या रखा है? शहरी होगा, तो शहर में नौकरी पायेगा। कुछ बनेगा। दुकान मैं चला तो रहा हूं।"

दुकान चलती रही थी। वीरा शहर पढ़ता रहा था...

वह अपनी चटाई पर पड़ी-पड़ी तड़प गयी। बहुत जोर की प्यास लगी थी। होंठ पपड़ाया पड़ा था। कोहनी को जमीन पर टिका उठंग-सी हुई। कुछ देर घर के सन्नाटें को सुनती रही 'क्या वक्त होगा? वह स्वयं से बोली, 'दो-तीन बजे होंगे। सरला ताश खेलने गयी होगी पासवाले घर में। शीलू स्कूल। वीरेन क़ी तो कचहरी-मुवक्किलों से जान नहीं छूटती।

उठ कर रसोई तक आयी। दरवाजे के निकट उसे बहुत जोर का चक्कर आ गया। सारी धौला-धौला, फिर काला हो गया। वह वहीं खड़ी हो गयी, दीवार पकड़ कर। सरला उसके लिए थाली से ढक खाना रख गयी थी। रसोई में ठण्डा खाना देख उसका कलेजा मुंह में भर आया। "ऐसे खाने हो गये सासुओं के जी...ऐसे बहुओं के खिलाने।" उमड़ती रुलाई रोककर उसने पानी का गिलास भरा, पिया। दो ही घूंट में देह

छितरायी-सी हों गयी। गिलास रख कर वह किवाड़ से टिक कर बैठ गयी...सिर लट्टू-सा गोल घूम रहा था। तेज-तेज...तेज। उसने हाथ हवा में फेंके। उसे बुरे-बुरे सपने आने शुरू हो गये थे...अब नहीं रुकने के ये...नहीं रुकने के...वह सपना ही देख रही है जागे-जागे।

किसना दुकान जा रहा है। वह छतरी लायी है, "कैसे बुढ़ाने लगे हो। सिर में सफेदी आ गयी। वीरे को बुला क्यों नहीं लेते?"

"पढ़ाई छुड़वा दें उसकी? वकालत का डेढ़ ही साल तो बाकी है?"

"पर तुम्हें हुआ क्या है? मेरा जी बैठा जाता है..."

"कुछ नहीं, गुणिया। जरा पेट में जलन रहती है–मुंह भी कड़ुआ-कड़ुआ। वैद्य जी को दिखा लूंगा–तू चिन्ता न कर।"

"पक्का?"

"पक्का।"

किसना दुकान से आया है। रात काफी बीत गयी है। वह दूध लायी है।

"देर कर दी?"

"मुनीम का हिसाब देखना था...तू तो बैठी रही होगी?"

कहने को होती है, "तुम्हारे लिए कब बैठी नहीं रहती?" पर नहीं कहती। दूध पीते-पीते किसना धरती पर लोटने लगा है। पेट को कस के पकड़े है। चीखा है। मुंह और नाक से छर्र-छर्र खून बह गया है।

"ओ रे मेरे राम, ये क्या गजब हो गया..." वह पटड़े से छूट कर अधर में गिरी जा रही है ...

"कुछ ही घण्टे में शरीर फूल गया है।" लोग कह रहे हैं। "अच्छा लड़के को शहर पढ़ाया किशन चन्द ने। अन्त समय कन्धा भी न पाया।"

रसोईघर की दीवार पकड़-पकड़ कर वह उठी। सिर का लट्टू घूमे जा रहा है। रुकता नहीं है। वहीं धरती पर फैल गयी है वह...चटाई तक नहीं

पहुंच पायी। बुरे दृश्य नाच रहे हैं आंखों में। आंखों में पारी भरा जा रहा है।

वीरेन आया है। पिता के मरने के बाद पांच दिन पीछे। फिर पढ़ने चला गया है। फिर आया है। कहता है "दुकान के 28,000 रुपये मिल रहे हैं। मुनीम जी मांग रहे हैं। बेच देता हूं। कौन चलायेगा?" हां, कौन चलायेगा? दुकान तो बड़े-बूढ़ों की खोली हुई थी। पुश्तों से चल रही थी। पर अब कौन चलायेगा? वीरा फिर आया है। साथ में नाइलोन की झक-झक साड़ी और ऊंची एड़ी के सैंडल पहने एक लड़की है कहता है, "बहू है तेरी। हमने कचहरी में शादी करवा ली।" कचहरी में तो अपराधी जाते हैं। शादी भी होती है? बहू के हाथ में अपनी मां के घर का पुराना हार रखती है। बहू के लिए ही तो बचा के रख रखा था। गीता को तो उसके बापू ब्याह ही गये थे। हार की बनावट देख कर बहू का मुंह कठोर-सा होता है। पर हाथ में वजन तोल आंखें चमकती हैं...कुल-शील नहीं होता कया रे...शहर में? वह किसना की दी गले की चेन को पल्ले से छुपा लेती है, जाने किस भय से...

वीरा अब के अकेला आता है। अकेला क्यों?

"तुझे लेने आया हूं, मां। सरला ने बुलाया है।"

"नहीं बेटा। मैं उनका द्वार छोड़ के कैसे जाऊंगी..."

"चल भी मां। बार-बार आना पड़ता है। तेरी चिन्ता रहती है।"

"नहीं न, रे। कैसी चिन्ता..."

"तेरे पोता भी तो होनेवाला है...उसे कौन देखेगा?"

"सच! पहले क्यों नहीं बताया। कब होगा?"

वीरा खड़ा है। उसे कागज दे रहा है। "गांव का घर बेच दिया है, मां। तेरे दस्तखत होंगे। शहर में घर बनवा लेते हैं। तू ठाट से रहियो।" पर मैंने तो कहा था, "कब्बी नहीं जाऊंगी...कब्बी नहीं..."

"ला बहू, मैं साग छौंक दूं," वह कहती है।

"नहीं, तुम्हारे काम करने की उम्र नहीं है, अब। तुम बैठो।"

उसे लगता है बहू कह रही है, 'तुम दखल मत दो।'

"रजाई में तागे डाल दूं?"

"नहीं, यहां मशीनों पे डलते हैं। तुम आराम करो।"

वह बैठ गयी है। बैठती जाती है। आराम? जीव का जनम तो काम के लिए होता है? हाथ नहीं हिलायेगा, तो अन्न कैसे पचायेगा? दिन भर खाली-खाली पहाड़-सा दिन...बेमन, बेकाम...बेकार। सरला के मिलने-जुलनेवाले उसे देख कर कतराये-से हो जाते हैं। उसे लगता है, वह कोई मैली-सी गठड़ी है। सूनी-सूनी आंखों से छज्जे में बैठी मोटर-तांगों का शोर सुनती है। शहर में तो मौसम भी नहीं बदलते। सुबह-दोपहर ही नहीं होते जैसे...पोती भी दूर-दूर से देखती है। ठीक अपनी मां की तरह दादी के पहनावे पर नाक सिकोड़ती है। आया के साथ खेलती है...

गीता है क्या? हां गीता है। मिलने आयी थी। भरतार भी साथ है। अब जा रही है। गीता रोती है, "ये तूने क्या किया, मां हमें अनाथ कर दिया। इस घर में कैसे खायें, कैसे बैठें? कैसे तुझे बचायें? कहां आन पड़ी री, अपना द्वार, देस छोड़ कर? भैया अच्छा शहर पढ़ने को आया। तू तो हंस रहा न कउवा..."

"मत रो, बेटी। एक यही बात उन्होंने मेरी नहीं मानी।"

"तभी तो अपना परलोक और तेरा इहलोक बिगाड़ गये बापू।"

"न, ऐसा न कह। बड़े प्रेमी पुरुष थे वे तो। गैरों के कन्धे चढ़ कर चले गये, पर सन्तान के पांव नहीं काटे। न बेटी, उन्हें कुछ न कहना। मैं ही तो छोड़ आयी उनकी देहरी। वे तो शहर में याद आते भी सकुचाते हैं। सपनों में भी नहीं दिखते...तू जा रही है क्या? अब तेरे से मिलना नहीं होगा, मेरा जी कहता है। ले यह चेन ले जा तेरे तो सारे तीज-त्योहार, नेग बिन दिये रह गये..."

"नहीं, मां। चेन मत दे। तेरा सूना गला देख वह समझ जायेगी कि तूने मेरे को दी होगी। क्या पता तुझसे क्या बैर बांध ले?"

"मार ही तो देगी? मार लेने दे। क्या रखा है तन में? ढाई सेर हड्डी। सब तो इन्हें परच गया बाकी का। ले ले, बेटी। तेरे बापू की थी। मेरे गात पे तो रस्सी-सी बलती है दिन-रात। तू रख ले, लाडो..."

पकड़े राखियो, जी। अब तुम पकड़े राखियो...प्रीत की डोर है पक्की...पक्की...

"मां, आंख खोल। मैं हूं, वीरेन। तुझे तो बुखार है।"

"नहीं, बेटे। काहे का बुखार?"

"है, मां। डॉक्टर को बुलाता हूं।"

"डॉक्टर का मैं के करूंगी? होने दे बुखार। अब कुछ होगा, तभी तो कुछ होगा...इतने दिन तो हो लिये बाट देखते..."

पालना

पंडित जी मन्त्र पर मन्त्र पढ़ते जा रहे हैं और हवन कुण्ड से उठते धुएं से अंसुआई आंखों को बार-बार अंगोछे से पोंछते। एक स्वप्न में जकड़ी, मैं आहुति घृत डालती जा रही हूं। कभी-कभी मन्त्रों से ध्यान उचट जाता है। सारे शरीर में विद्युत-सी दौड़ने लगती है। नवरात्रों का समापन दिन आज है और आज ही सुबह मेरी गोद में, मेरी सारी मन्नतों का प्रसाद-साक्षात दुर्गा का आशीर्वाद पहुंचा है। कैसी होगी बच्ची? पूर्णाहुति देते सोच रही हूं। आंसू जो आंखों से बह रहे हैं, नहीं जानती धुएं के ही कारण हैं क्या।

प्रसाद ले कर और हवन भस्म का पवित्र टीका करवा, सब आने वाले चले गये हैं। मैं रह गई हूं और पंडित जी का परिवार। पंडित जी पास में बैठे हैं। कहती हूं, "आप भी कुछ लीजिए अब, व्रत खोलिये।" वे कहते हैं, "आप को दूर जाना है, दीदी, पहले आप लीजिये।"

उनकी सुमुखि पत्नी खाना लेकर आ गई हैं तब तक। खीर, मालपुआ, पकौड़े, सब्जी..."इतना क्यों करती हैं", कहती हूं। "आज का भोजन तो यजमान का होता है...किन्तु।" "दीदी, यह भी आपका ही है," कहते हैं पंडित जी। थाली पकड़ कर कहती हूं, "आज तो सुबह ही मां ने प्रसाद दे दिया, पंडित जी। अस्पताल से एजेंट ने फोन किया है कि एक बच्ची उनके पास आ गई है हमारे लिए।"

"देख आयीं क्या?" पूछते हैं पंडित जी।

"कल सुबह जाऊंगी।"

गलियों में दायें-बायें मुड़ती कार आखिर नर्सिंग होम के सामने खड़ी हो गई है। उतरने में डर-सा लग रहा है। शिव कहता है, "अम्मी, उतरो न, पीछे दूसरी कार खड़ी है।"

उतरती हूं।

शिव एजेंट को खोजता है।

वह बाहर ही खड़ी मिल गई, लम्बी चौड़ी पंजाबी महिला- खीं...खीं हंसती।

लगा कि मेरे सांस की डोर इसके हाथ है।

"आइये," वह कहती है।

उसके पीछे-पीछे चलते हैं–मैं और शिव।

एजेंट आया को कुछ कहती है। एक छोटे कमरे की बड़ी मेज पर आया साफ कपड़ा बिछाती है। एजेंट हमें कुछ-कुछ बता रही है यहां की व्यवस्था के विषय में। सुन नहीं रही हूं मैं। आंखें दरवाजे पर लगी हैं।

एक के पीछे एक, दो आया आती हैं। एक-एक बच्चा दोनों के हाथों में है।

कलेजा मुंह तक उछलता है।

एक खूब गुठठल सांवली बच्ची मेरे सामने है। कस कर आंख बन्द है बच्ची की। जाने क्यों उसके चेहरे में मुझे हंसता हुआ कोई ट्रक ड्राइवर दिखता है, दारू पिये सीढ़ियां चढ़ता। मैं बच्ची को प्रणाम करती हूं। वह सोई है गहरी नींद में।

दूसरी आया जगह बनाकर दूसरी बच्ची को लिटा देती है। कुनमुन करती है बच्ची। मेज के स्पर्श से चौंकती है जैसे।

मैं सहलाने को पुचकार कर 'पुच पुच' कहती हूं। छोटे से मुंह की अति कृषकाय बच्ची किलो की भी शायद नहीं है। तभी वह अपनी बड़ी-बड़ी नीली आंख खोलती है, गाय-सी। उसकी आंख के उजाले से,

भीतर तक कुछ कौंधता है। फिर वह आंख बन्द करती है। दायां हाथ धीरे-धीरे ऊपर उठाकर हथेली खोलती है। हाथ इतना कमजोर है कि अपनी ही हथेली का बोझ नहीं सह पा रहा। बच्ची का पूरा शरीर, एक गौर वर्ण की झुर्री मात्र है–किसी बड़ी बूढ़ी औरत-सा। मैं टटोल कर उसके दोनों पैर छूती हूं माथे लगाती हूं। रोती हूं।

"यह तो बहुत ही कमजोर है," कहती हूं, "रक्त ही नहीं शरीर में। बीमार है क्या ?"

"यहां तो सब बच्चे इसी हालत में होते हैं, मैडम। ठीक तो आपके यहां जाकर होते हैं। आखिर तो यह अस्पताल है। आया लोग जितना करती हैं कर लेती है।" एजेंट तमकती-सी है।

"आप इस बच्चे की विशेष देख-रेख करवा सकते हैं क्या ?"

"उसक लिए पर्सनल आया रखनी होगी।"

"रखिये। खर्चा मैं दूंगी जब तक मेरी बहू और बेटा यहां आ नहीं जाते...अमरीका से।"

"तो आप ऐसा क्यों नहीं करतीं, मैं इसे आपको दिये देती हूं। जितनी अच्छी तरह आपके घर में जाकर यह पलेगी उतना अस्पताल में थोड़े ही..."

धक् से रह जाती हूं। शिव भी सन्नाटे में आ जाता है। मुझे पीछे को खींचता है।

"किन्तु मैं अपने बेटे के लिए बच्चा तो नहीं चुन सकती। सिर्फ चाहती हूं इसकी रक्षा आप करें क्या मालूम ईश्वर सदय हो जायें और मेरे रजत को भी ऐसा ही कोई बच्चा दे दें..."

"मिसेज नाथ, बी प्रेक्टिकल..." वह कहती है। "हम बच्चा बहुत दिन रोके नहीं रख सकते। यह तो आप मुझे बहुत अच्छी लगीं, और इस बच्चे को भी ऐसा घर नसीब नहीं होगा। इसीलिए कह रही हूं इसे ले जाइए..."

"यदि मेरी बहू और बेटे ने इसे न रखना चाहा तो...?"

"आई प्रोमिस," वह बोली, "मैं यह बच्चा वापिस ले लूंगी और उन्हें जो पसन्द होगा दे दूंगी। आपका मन इसमें है, इसकी देखभाल हो जायेगी। फिर यह भी सोचिये न, जब वे लोग आयेंगे यदि तब हमारे पास कोई भी बच्चा न हुआ तो?"

दुबारा से धक रह जाती हूं।

अपने पूरे आत्म-सम्मान को छोड़ गिड़गिड़-सा करती हूं, "ऐसा न कहिये। नौ बरस प्रतीक्षा की है मेरे बेटे बहू ने। जाने क्यों उनके कागज बनने में इतनी देर लग रही है...। वे यहां आकर खाली हाथ जायें, इसकी तो मैं कल्पना भी नहीं कर सकती।"

"तभी तो कह रही हूं," वह बोली, "हमारी अमरीका वाली एजेंट ने विशेष रूप से आपके बेटे-बहू की तारीफ की है। उनकी सारी पूछताछ भी वहां पूरी हो चुकी है। मैंने उसे प्रोमिस भी कर दिया है कि आउट-ऑफ-द-वे जाकर मैं आपको बच्चा दे दूंगी। सो जैसा कह रही हूं कीजिये कहीं...।"

"नहीं...नहीं।"

मैं लपक कर देवी को मेज से उठा लेती हूं।

देवी!

यह नाम कब दिया मैंने इसे?

मन्दिर वाली दुर्गा जी हंसती-सी हैं कहीं मेरे मन में। मैं बच्ची को कलेजे में ख़ोंस सा लेती हूं।

"क्या कर रही हो, अम्मी। हम इसे कैसे ले जा सकते हैं..." शिव बार-बार कहे जा रहा है। मेरी साड़ी का पल्ला खींच रहा हैं। "रुको तो सही, अम्मी। इतनी उतावली मत करो। हम इसे घर नहीं ले जा सकते।"

"ले जा सकते हैं। ले जा रहे हैं..."। मन में कहती हूँ। पर उसे कुछ नहीं कहती।

एजेंट की आंखों में कुछ है। पर्स खोल कर एक मोटा लिफाफा उसे थमाती हूं, "रजत ने फोन पर कहा है कि यह अडाप्शन फीस जमा करवा

दूं।" वह लिफाफे को झटपट मोड़ कर रखती है–शायद अपने ब्लाउज में। आया को आवाज देती है।

दोनों आया आती हैं। खूब बलायें लेती हैं बच्ची की। मानों बच्ची की सगी मां हो। सच, और था भी कौन इसका इस अस्पताल में, सोचती हूं।

"अरे बड़े भाग वाली है। देख तो क्या रानी जैसी बड़ी मां है तेरी। इसे नसीब कहते हैं..." वे चटकारे से लेती हैं।

मैं उनके हाथों में सौ के दो नोट रखती हूं। चाहती हूं वे और नजर न लगायें इस बच्ची के भाग्य को। कहती हूं, "आपने बड़ा पुण्य कमाया इस देवी की सेवा कर...प्रभु इसे दीर्घ आयु करें। आपका आशीर्वाद इसे लगे।" और गाड़ी की तरफ भागती हूं जैसे कोई छीन न ले उसे मुझसे।

गाड़ी में शिव सन्न-सा बैठा है। आया लौट कर आती है। एक छोटी बोतल में दूध दे जाती है और बच्चे की हेल्थबुक भी। बच्ची का कम्बल उसने 'और बच्चों के काम आयेगा,' कह कर ले लिया है। मैंने देवी को अपनी शॉल में डाल लिया है।

शिव कुछ कह रहा है अंग्रेजी में। क्या कह रहा है? सुनने का यत्न करती हूं। कार घरघराती गली से बाहर आती है। "मालूम है क्या कर रही हो?" वह तीसरी बार पूछता है। नहीं मालूम क्या कर रही हूं। सिवाय इसके कि इस बच्ची को बचाना है।

"भाभी, भैया क्या कहेंगे कि हमारा बच्चा हमारे बिना चुन लिया मम्मी ने? सुलक्षणा भाभी को तो कोई भी हस्तक्षेप बर्दाश्त नहीं, मां। भूल गई क्या?" शिव एक हारी हुई लड़ाई लड़ रहा है मुझसे। कहती हूं, "शिव, मैंने इसे उनके लिए नहीं चुना है। पर इसकी रक्षा करने से उनको भी कोई-न-कोई मिलेगा। ईश्वर देंगे। इसलिए ले जा रही हूं।"

"फिर इसका क्या होगा।"

"जहां जाना है वहां जायेगी यह।"

"ओफ ओ, अम्मी! आप सदा से ऐसे ही करती रहती हो, कुछ न

कुछ डरा देने वाले काम।" वह रुआंसा कहता है, "आप इसे पालोगी कि नौकरी पे जाओगी?"

जानती हूं शिव को इतनी चिन्ता में डाल कर अन्याय कर रही हूं कि वह जो कह रहा है वह भी ठीक है।

मुझे केवल बच्ची का दिल अपने दिल के साथ ताल मिलाकर बजता सुन रहा है। मेरे शरीर की गरमाई में कुछ खुलता-सा लगा है और हिलती कार में वह ज्यों आश्वस्त हो सो जाती है। अपने घर जा रही है।

कार ने मुझे पोर्च में उतार दिया है। शिव अभी भी बड़बड़ कर रहा है। उसके माथे पर पसीना आ गया है। भय और असहायता दोनों से। गाड़ी में वह तुरन्त वापिस चल दिया है–बाजार से दूध के डिब्बे, बोतलें, निप्पल, बिब, पिन, पाउडर, बनियान, तसला, नेपकिन, तेल लाने। लिस्ट लम्बी है रास्ते भर जो याद आता गया उसे बताती गई। "मुझे क्या मालूम बच्चे के सामान के बारे में," वह झल्लाता रहा, "एकदम हद कर दी, मां आज तो आपने...।"

"तू घबरा नहीं, शिव। बस सामान ले आ किसी भी बड़े कैमिस्ट से।" कार बाहर जाती है, मैं घर के भीतर। एक सौ का नोट शम्भू काका को देती हूं, "देखो काका, देवी आई है घर।"

भाग-भागकर शम्भू काका धुले तौलिये निकालते हैं। जल्दी-जल्दी उन पर गर्म-गर्म इस्त्री फेर रहे हैं। बच्चे के इस्तेमाल के हर कपड़े को उबालना होगा या गीले को इस्त्री कर 'स्टर्लाइज" करना होगा उन्हें। बिस्तर पर तौलियों का गद्दा बना उसे लिटाती हूं। बच्चे में कोई भी हरकत नहीं। कुछ देर सोचती हूं, फिर चौंक कर कहती हूं, "शम्भू काका, ऐसा लगता है इसे कभी गोदी मिली ही नहीं। आया कह रही थी, यह डेढ़ मास की है। डेढ़ मास के बच्चों जैसा अभी तक कोई भाव नहीं है न इसके चेहरे पर? और देखो रोती भी नहीं। शायद इसी से इतनी

कमजोर है। आया समय पर दूध ही नहीं देती होगी। रोने वाले बच्चे पी जाते होंगे, यह पड़ी रहती होगी। घड़ी देख कर इसे 'फीड' देंगे हम और मालिश करनी है काका, पता है लड़ाई के दिनों में जब फौजी बहुत कमजोर हो जाते थे तो दूध इत्यादि उनके शरीर पर मला जाता था ताकि त्वचा से अन्दर जा सके...सच्ची। मैंने पढ़ा था कहीं। इसको भी ऐसे ही करूं क्या? दूध-घी की मालिश? जाने कब इसमें जान आयेगी..." मैं बोलती जा रही हूं। दनादन कपड़ों की आलमारी में से घिसे नरम कपड़े निकाल कर उसका बिछौना, ओढ़ना, छोटा तकिया बना रही हूं। तभी याद आया कि मेरी अमरीकी मित्र, क्रिस्टीन की जुड़वा बच्चियां सात महीने की हो गई हैं। उसके पास होगा बहुत-सा सामान...अब मैं तो इसे छोड़ कर बाजार नहीं जा सकती न...

देवी को थपकती थपकती क्रिस्टिन को फोन करती हूं। सब बताती हूं। वह कहती है, कि दोपहर को आयेगी और टब, कपड़े, केन का पालना, रजाई कम्बल...इत्यादि ले आयेगी।

हाथ से एक झबला सीती हूं। "काका, इसके कपड़े बदल लें न?" बदलती हूं, हल्का स्पंज करने से पहले कपड़े उतारती हूं–"हे ईश्वर!" मुंह से निकलता है, "यह कैसे बचेगी। इसके शरीर में तो कहीं मांस नहीं जरा-सा भी। हड्डियों पर बस ढीली-सी खाल है।" कपड़े बदल कर उसका अस्पताल वाला फ्रॉक हाथ में उठाती हूं। जी को कुछ कचोटता है। कैसा चिथड़ा सा पहन कर मेरे घर में आई है देवी मां। उठा कर सावधानी से उसे एक लिफाफे में रख, अलमारी की सबसे ऊपर वाली दराज में रख देती हूं। "काका, शाम को इसे बच्चों वाली डॉक्टर को दिखाना है, ड्राइवर से कहना जाये नहीं।" हैरान हूं एक बित्ते भर की बच्ची के इतने काम करने हैं कि इतनी व्यस्तता हो गई जीवन में इसके आने से।

डॉ. वृंदा सेठी मशहूर डॉक्टर है। भाग्य से हमारी साथ वाली कॉलोनी

में ही उसका घर है। पुरानी जान पहचान है।

"कहां से लिया इसे?" वह पूछती है।

"रजत ने ही किसी एजेंसी का पता लिखा था, वहीं से।"

"वह आ गया क्या?"

"नहीं तो।"

"फिर?"

सब बताती हूं उसे। बार-बार एक ही बात, "इसे बचाना है। तभी रजत को भी बच्चा मिलेगा।'

"इसके विषय में कुछ तो खबर नहीं। कैसे रखोगी इसे, मिसेज नाथ?" वह कहती है "बच्चा बहुत देखभाल कर किसी की देख-रेख में लेना चाहिये। जाने क्या बीमारी, क्या बवाल निकल आये..."

"वह रजत कर लेगा, जब आयेगा। अभी तो यह जीवित रहे, डॉक्टर बस इतना चाहती हूं। इसे इतना कमजोर. देखकर मुझे जाने क्या होने लगता है।"

"आप घबरा क्यों रही हैं, मिसेज नाथ। इस वर्ग के बच्चे तो इससे भी गये गुजरे होते हैं। कमजोर तो यह भी कम नहीं। शायद प्रीमी है..."

"प्रीमी?" मैं डर जाती हूं।

"प्रीमीच्योर। शायद 3-4 सप्ताह जल्दी पैदा हुई है।"

"एजेंट कह रही थी 'फुल टर्म' बेबी है।"

"तो इसकी मां ने अन्तिम दिनों में बहुत कम खाया होगा न, ताकि गर्भ दिखाई न दे, या खाने को मिला न होगा..."

मैं रोने लगती हूं।

"इतना भावुक क्यों हो रही हैं? आखिर तो रजत के आने पर इसे लौटायेंगी न..."

"हां, डॉक्टर। रजत के आने से पहले मैं और बच्चों के साथ इसे चुपके से लेटा दूंगी। तब तक इसे इतना मोटा और स्वस्थ कर दो कि

बहू और रजत को यही पसन्द आ जाये।"

डॉक्टर हंसती है।

"इतनी ममता एक ही दिन में।" और बच्ची को तोल कर कभी उलटा, कभी सीधा लटका कर 'एक्जामिन' कर वह मुझे लौटाती है।

"सब नार्मल ही लग रहा है।"

"पर यह रोती क्यों नहीं। और बच्चों की तरह?" मैं कहती हूं।

"उतनी शक्ति कहां है इसमें। इसे जहां तक हो अपने शरीर की गरमाई दीजिये। अधिक से अधिक गोदी में रखिये तभी इसके 'रिस्पान्स' बनेंगे।" वह पर्ची पर वजन, तारीख इत्यादि लिखती है। "यदि एक सप्ताह में आधा किलो वजन बढ़ गया, तो बहुत अच्छा रहेगा।"

हम रात भी सोते नहीं हैं, न मैं, न शिव। चाहें भी तो नहीं सो सकते। वह भी डॉक्टर सेठी के शब्दों में कहता है, "एक ही दिन में आप तो बावली हो गई हो इसके लिए। कैसे चलेगा, अम्मी? मेरी तो समझ के बाहर है यह सब।" "तो क्या करूं?" जरा तीखा होकर कहती हूं "रजत के होते नहीं। तू विवाह करता नहीं। तो यही सही। जानता है, अगर मुझे यह मालूम होता कि मेरी मां इतने वर्ष जियेगी तो मैं उन्हें सात-आठ साल की एक लड़की गोद दिलवा देती। जब तक मां अस्सी की होती वह लड़की सोलह-सत्रह साल की हो जाती। मां को प्यार करती, उनके मरने पर रोती। सब तो चले गये थे मेरी मां को अकेला छोड़। और नौकरों ने उन्हें सता-सता कर मार डाला..."

"अम्मी!" शिव कह रहा है, "आपको क्या हो गया है आज? नानी जी की बात का यह कौन-सा समय है। इसकी बात करो न..."

"इसका नाम देवी है," मैं कहती हूं।

"हां, देवी की बात करो न!"

"क्या बात करूं?"

"आप इससे इतनी भयंकर 'अटैच' हो रही हो। रजत ने इसे न लिया तो... ?"

"तो मैं लूंगी।"

"अम्मी!"

"नहीं तो पंडित जी को दिलवा दूंगी। उनकी पत्नी पाल देगी, इसे मेरे लिए।"

"मुझे यही डर था।!

"क्या डर था?" शिव की ओर देखकर दोबारा पूछती हूं, "क्या डर था?'

"कि अब आप इसे छोड़ेगी नहीं। हम तीनों को भी क्या ऐसे ही प्यार करती थीं?"

चौंकती हूं। कभी सोचा ही नहीं। क्या इतना? और इसे क्यों?

"ठीक है, तू जल्दी से शादी कर और दो तीन बच्चे बनाकर मुझे दे तब नहीं करूंगी इसे इतना प्यार।"

"हर बात मेरी शादी पर ही आकर क्यों खत्म होती है?" वह झींकता है।

कई रात बीत गई हैं। शिव का अपना उन्माद मुझसे कुछ कम नहीं है। इसीलिए बार-बार कहता है शिव, मुझे सुबोधता है, रोकता है, "मैं भी इससे आप जितना ही जुड़ गया हूं। पर इसका क्या होगा, और इसके बिना हमारा...यदि इसे लौटाना पड़ा।"

प्रश्न जटिल है। जवाब नहीं है मेरे पास। बिस्तर से उठाकर देवी को चूमती हूं। मेरे स्पर्श से उसके शरीर में कुछ चेतता है। वह स्पर्श को पहचानने लगी है। पहले से ऊंचे स्वर में रोती है। मैं कहती हूं, 'कुछ और ऊंचा, देवी। भरे गले से निकाल आवाज, बेटा...रो कुछ और ऊंचा जैसे रोते हैं मोटे ताजे बच्चे।'

दोपहर की क्लास पढ़ा घर में प्रवेश करती हूं। शम्भू काका जिस

लड़की को देवी की देख-रेख के लिए ले आये थे वह परेशान-सी खड़ी है। बच्ची को कन्धे से लगाये मेरी बाट देख रही है। आज सात या आठ दिन हो गये हैं। देवी लगभग दो महीने की हो जायेगी। और एक आध दिन में वजन भी कुछ बढ़ा है। पर यह रो क्यों रही है–नहीं, खांस रही है। शरू के दो दिन तो कॉलेज से छुट्टी ले ली थी। जब से यह आया मिली, जैसे-तैसे जल्दी लेक्चर देकर घर भाग आती हूं। क्यों खांस रही है देवी!

"इसे बुखार लग रहा है, मैडम" वह लड़की कहती है। "दोपहर से रोये जा रही है। दो उल्टी भी की है..."

झपट कर उसे लेती हूं। लड़की को जैसे घर से बाहर ही फेंक दूंगी। "तूने ही ठण्ड लगाई है इसको। कहा नहीं था कि कमरे के बाहर मत ले जाना? शम्भू काका, भगा दो इसे यहां से। मैं खुद देख-रेख करूंगी देवी की।" हाथ-पैर सनसना रह हैं मेरे। देवी फिर दूध उलट कर एकदम निढाल हो गई है। छाती पर हल्का-सा विक्स लगाती हूं। बुखार से तप रहा है बदन। घण्टा और निकल जाता है। खांसी बढ़ रही है।

"काका! इसे कुछ हो गया तो! काका, मुझे तो पुलिस ही पकड़ लेगी। क्या बताऊंगी? यह कौन है? कहां से आई है? एजेंसी वाले तो एकदम मना कर देंगे। एजेंट कह भी रही थी कि बिना कागजी कार्रवाई पूरी किये ऐसे बच्चा दे देना गैर कानूनी है...शिव ने तो मुझे बहुत समझाया था... अब क्या करें? जरा डॉ. को फोन करो, घर पर ही होगी अभी देख लेगी...नहीं तो मैं इसे इसके अस्पताल ही छोड़ आऊं वहां तो डॉक्टर होते ही होंगे..."

मैं रोये जा रही हूं।

वृंदा सेठी बच्ची को देखती है। छाती ध्यान से सुनती है।

"इसे न्यूमोनिया हो गया लगता है। खून टेस्ट करवाना होगा और एक्स-रे खिंचवाना होगा। तब तक ये दवाई दीजिए सर्दी लगा दी गई क्या

इसे?"

"मुझे कॉलेज जाना जरूरी था। आया के भरोसे छोड़ गई थी। अब क्या करूं डॉक्टर, बताइए न? वापिस ले जाऊं वहीं, जहां से लाई थी...? मुझे नहीं लगता यह बचेगी।" मैं मारे भय के फिर रोने लगती हूं। मेरी हालत देख डॉ. पूछती है, "मिसेज नाथ, आप इसे अपने घर लाई क्यों थीं, याद है?"

तोते की तरह रटा-रटाया जवाब देती हूं "इसकी रक्षा करने को।"

"और लौटाने से इसकी रक्षा हो जायेगी? यदि आप इसे नहीं बचा सकती तो क्या वे गंवार आया लोग बचा लेंगी? इस कमजोर हालत में अस्पताल जन्य कोई और इन्फेक्शन नहीं पकड़ लेगी यह बच्ची?"

"किन्तु यह मेरे घर पर मर गई तो मुझे हथकड़ी लग जायेगी, डॉ.।" मेरे हिस्टीरिया को देख कर डॉ. सेठी शान्त आवाज में कहती है, "मुझे एक मौका दीजिए इसे बचाने का। शेष ईश्वर पर छोड़ दीजिए..."

अपने में लौटती हूं। ईश्वर!

अपनी कायरता से बाहर आती हूं। हवन वाले दिन की दुर्गा मां का रूप आंख में कौंधता है।

मैं देवी , को उठा कर धीरे से वक्ष से लगा लेती हूं। डॉक्टर को फीस देती हूं। दवाई का पर्चा उठा कर पर्स में रखती हूं और एक स्वप्न में चलती हुई बाहर आ जाती हूं।

"मैं और तू अलग नहीं होंगे। आती है तो आये पुलिस या कोई भी। पर सुन," मैं उसके कान के पास धीरे से कहती हूं, "तू भी तो मेरी सहायता कर, देवी...अपनी सहायता कर! अपने जीने के लिए लड़ बेटा, लड़! और जी, मेरे लिए...मेरे लिए।"

देवी लड़ रही है मृत्यु से, मेरे लिए।

नव वर्ष का पहला दिन है। रजत का फोन है। उठाती हूं "कैसी हो, मां" पूछता है, "जरा रुको..." उधर से टेलीफोन का रिसीवर किसी को

देता है, आवाज आती है, "हैपी न्यू ईयर, दादी जी...।" "अरे, इतना बोलने लगी है तू।" रजत हंसता है। "बोलेगी नहीं!" दूसरे किसी एक्सटेंशन से बहू कहती है, "ढाई साल की हो जायेगी कुछ दिन में...।" बच्ची "मोर...मोर" कहकर फिर से टेलीफोन पर बात करना चाह रही है शायद। रजत और बहू उसे मना रहे हैं। "अच्छा ले, कर बात अपनी दादी जी से..." बच्ची का नाम अब देवी नहीं है। उसके माता-पिता का चुना नाम है सलोना-सा। मैं और शिव अब भी उसे देवी कहते हैं।

शिव ने शादी नहीं की है।

मुझे नहीं मालूम कि हम अब अकेले हैं या तब थे जब वह नहीं आई थी हमारे जीवन में। उसके पालने वाले खाली कमरे में सिर्फ शम्भू काका जाते हैं सफाई करने।

या इसलिए

कुर्सी पर बैठते ही उसने पैरों से सैण्डल उतार दिए। पैरों के तलवे कब से जल रहे थे। नंगे पैरों को घास की छुअन ने सहलाया तो उसने लम्बी सांस छोड़ी। भारी कामदार साड़ी के पल्ले को नीचे खिसका, पसीना-पसीना होते गले को रूमाल से हवा दी। दोनों ओर की कुर्सियां खाली थीं। इधर कोने में अंधेरा भी था। तभी वह वहां आकर बैठी थी। बारात का स्वागत जोर-शोर से हो रहा था। बैरे ताजे जूस के गिलास, तले हुए काजू और पेस्ट्री के ट्रे लिए घूम रहे थे।

जिस बगीची को घेर कर शामियाना ताना गया था वह काफी बड़ी थी। हजार से ऊपर बराती तथा वधू पक्ष के लोग वहां होंगे, पर कहीं भीड़ जैसा नहीं लग रहा था। बगीची के चारों ओर कनात खिंचे थे, जिनसे सुनहरी झालरों का शिखर ताना गया था। पेड़ और झाड़ियों में छोटे-छोटे धीमे बल्ब झिलमिला रहे थे। शामियाने के दायें हिस्से में सफेद फूलों की सजावट वाली बेदी बनी थी और बायीं ओर चादरों से ढकी मेजों के पीछे रात के भोजन की व्यवस्था हो रही थी। एक मेज पर कई तरफ के फलों का ऊंचा अम्बार लगा था। जहां वह बैठी थी वहां से थोड़ी ही दूर पर लॉन के बीचोंबीच तख्त पर गलीचे डाल कर बनी स्टेज पर सोफे में वर-वधू पास-पास बैठे थे।

आने वाले स्टेज तक जाकर वर-वधू को आशीर्वाद दे रहे थे। थोड़ी देर पहले हुई जयमाला की मोटी-मोटी मालाएं दोनों का चेहरा ढके थीं। वधू के पास कुर्सी पर बैठा एक मुनीम आने वाले उपहारों की फेहरिस्त

बनाता जा रहा था और वर को दिए जाने वाले रुपयों के लिफाफों से उसके पास बैठी उसकी छोटी बहन की गोद भर चली थी।

"अरे तू यहां बैठी है? मैं तुझे सारे में देख आई..." उसकी मां कह रही थी।

"आओ, बैठो" उसने पास की कुर्सी की ओर इंगित किया।

"बैठने का समय कहां है। इतने लोग आ रहे हैं...।"

"बैठो भी, मां। लोग कहीं चले थोड़े जाएंगे, दो मिनट दम ले लो..."

मां के ऊपरी होंठ पर पसीना आ रहा था, जिसे वह बार-बार दो उंगलियों से पोंछ रही थी। पसीना था या मां वैसे ही उत्तेजनावश मुंह पोंछ रही थी...? उसने ध्यान से देखा। मां का ध्यान उसकी ओर नहीं था। वह अपने हाथ से लटकी मखमल की लाल थैली का मुंह बन्द कर रही थी।

"यह तो ऊपर तक भर गई। अब क्या करूं?"

"मेरा हैण्डबैग प्रायः खाली ही है, उसे ले जाओ।" उसने चमड़े का ब्राउन बैग मां की ओर बढ़ा दिया। बैग का जिप खोल कर मां ने मखमल की थैली उसमें सरकानी चाही।

"यह क्या कर रही हो? उसमें थैली भर दोगी तो जगह कहां रहेगी? लाओ थैली मैं पकड़ लेती हूं..."

मां क्षण भर सोचती सी रही, उधर से उसकी बुलाहट हो रही थी।'

"आई...आई" कहती मां ने थैली के मुंह को कस कर उसी की डोर से बांध दिया। फिर भी थैली पकड़ाते जैसे वह कुछ शंकित हुई।

"चिन्ता नहीं करो, थैली ऐसी की ऐसी मेरे पास रखी रहेगी। तुम जाओ विमल के पास बहुत लोग आ गए हैं। वह तुम्हें बुला रहा है।"

अंधेरा अचानक चारों ओर से घिर आया। बिजली की तेज रोशनी में

से गुजरती मां को वह देखती रही। मां बूढ़ी हो गई...कितनी झुर्रियां पड़ गईं। पर शरीर में ढीलापन नहीं। कठिनाई और चिन्ता में जकड़े जीवन का चौकन्नापन था।

"ओ नीरा! तुम?"

"रमेश?"

"सही पहचाना। कितने साल हो गए होंगे बीस-बाईस?"

"अठारह। तुम एम. ए. कर रहे थे तब।"

"बड़ी अच्छी याददाश्त है, तुम्हारी। मुझे तो कुछ याद नहीं रहता।"

"बाल-बच्चे कहां हैं?"

"अपनी मां के साथ ननिहाल गए हुए हैं। वहां भी किसी की शादी थी। सुना है तुम अकेली आई हो?"

"हां! तुम्हें शायद मालूम हो, बच्चे तो सब 'सेटल' हो गए हैं। अपने-अपने घर-बार में व्यस्त हैं। विवेक की तबीयत अच्छी नहीं रहती। डॉक्टर ने उन्हें सफर करने को मना किया हुआ है..."

"विवेक! मैं इतनी देर से तुम्हारे पति का ही नाम याद करने का यत्न कर रहा था। विवेक पेपर मिल्स, बिलासपुर...बहुत दूर है क्या यहां से?"

"हां, दूर है।"

"तभी आती जाती नहीं हो। एक बात जरूर कहूंगा, तुम बदली नहीं जरा भी। इतने सालों में वैसी-की-वैसी हो...। अरे, वह प्रेम जा रहा है। में उससे मिल आऊं।"

अठारह साल! उसकी उम्र का आधा प्रायः। मां की उम्र का एक तिहाई। रमेश कहता है वैसी-की-वैसी है, और मां कैसी? कहां है वह मां, हरदम चमचम कपड़े पहनने वाली। पति के ऊंचे 'ओहदे' के रोब में रोबीली? वह दोपहर क्या भूली जा सकती है, जब मां धूप में बैठी स्वेटर बुन रही थीं। सर्दियों के फूलों से हिसार का उनका वह बंगला रंगीन था। पापा दौरे पर जा चुके थे। मां ने नीला साटन का सूट पहना था।

नाइलोन की चुन्नी पर बेहतरीन सफेद बेल लगी थी। और वह स्वयं नहर के पास वाले जंगल से भागती हुई आई थी।

"मां, यह देखो, कित्ते सारे हैं..." पंख वे इतने सारे थे, इतने लम्बे कि उसकी आठ वर्षीय टांगें उन्हीं में छुप गई थीं।

"कहां से लाई? ये तो बहुत हैं।"

"एक ही मोर के हैं ये सब। राजीव भैया मोर के पीछे डण्डा लेकर दौड़ते रहे और पंख गिरते रहे–बड़ा ही मजा..."

"मोर उड़ा नहीं?" मां ने बुनना बन्द कर दिया था। काजल लगी उसकी बड़ी-बड़ी आंखें हैरान-सी खुली थीं।

"तभी तो पंख गिर रहे थे न, वह लंगड़ा था..."

"नहीं, नहीं बूढ़ा होगा।" मां ने किसी बुरे सपने को देखते-सा कहा था।

"उससे उड़ा ही नहीं जा रहा था, मां।"

"बहुत बूढ़ा होगा। छी! कितनी बुरी बात है। लड़की होकर भी तेरा दिल इतना कठोर है। बेचारे पक्षी को इतना सताया। पंख तो तेरे पास पहले-से इतने हैं। पूरा सन्दूक भर रखा है। भला लालच करते हैं क्या!"

"नहीं मां, अब नहीं करूंगी।" पंख उसने लॉन में फेंक दिए थे। "मुझे पता ही नहीं था। राजीव भैया..."

"राजीव लड़का है...तू लड़की।"

और वह मां की गर्भ से ऊष्म, तंग गोदी में सिर डाले पड़ी रही थी...लड़कियां लालच नहीं करतीं...।

"... एकदम अकेली बैठी हो, दीदी? तबीयत तो ठीक है?" आरती पास खड़ी पूछ रही थी। अपने साथ वेटर को भी लाई थी। "लो, जूस लो। कुछ भी खाया नहीं होगा न? जानती हूं तुम्हारी आदत...।"

"आ, बैठ मेरे पास...।"

"बैठ तो जाऊं, पर मां मेरे बिना परेशान हो जाएंगी। पल-पल में मेरी

पुकार मचती है..." वह पास की कुर्सी में बैठ गई थी।

"मां बहुत बदल गई है न, आरती?"

"पच्चीस बरस बहुत अरसा होता है, दीदी...पापा को गुजरे पच्चीस हो गए न? विमल ही चौबीस से ऊपर का हो गया है..."

"हां, वह होने ही वाला था, जब पापा दौरे पर गए थे और डाकुओं से घिर गए थे..."

"दीदी, एक बात पुछूं?"

"बोलो।"

"यह पूछने का समय तो नहीं है, पर तुम विवाह के बाद आती ही नहीं हो। जाने कब मिलना हो, इसके बाद..."

"पूछ न, आरती! मुझसे भूमिका बांधने की आवश्यकता है क्या?"

"उस दिन क्या हुआ था, दीदी...?"

"किस दिन?"

"जिस दिन तुम मुझे बैठी पढ़ा रही थीं, मां रसोई में बर्तन मल रही थीं। और राजीव भैया उनसे कुछ मांग रहा था...फिर क्या हुआ था दीदी...मैं बहुत छोटी थी न...बताओ...।"

उस दिन...

"...मैं कह रहा हूं कि मुझे पांच हजार रुपये जरूर चाहिए...।"

"पर कह दिया न, मेरे पास नहीं है, बार-बार क्यों कहता है?"

"इसलिए कि मुझे वह फ्लैट बुक करना है और पहली किस्त देनी है...।"

"तो मैं क्या करूं? जब मेरे पास रुपये नहीं हैं तो नहीं हैं...।"

"कैसे नहीं हैं! पापा का बीमा सब तुम्हारे पास है कि नहीं?"

"रजीव! शर्म कर, बीमे की बात करता है। लड़कियों की शादी करनी है कि नहीं..."

"लड़कियां, लड़कियां... शादी...शादी...बस यही रटना लगाए रहती हो। पापा मेरे कुछ नहीं थे? मेरा हक नहीं है क्या?"

"हक! डूब नहीं मरता कहीं...।"

"दीदी, भैया ने क्या मां को सचमुच मारा था?"

"मारा! शायद। गुस्से में एक पतीले को लात मारी थी, वह उछल कर मां के मुंह पर लगा था। जा आरती, मां तुझे ढूंढ़ रही है।"

"मैं अकेले नहीं जाऊंगी। अच्छा लगता है क्या कि तुम यहां बैठी रहो? चलो खाना खाओ, हमारे साथ।"

खाना खत्म हो गया है मिलने जुलने वाले पान मुंह में रखकर जा चुके हैं। वर-वधू के मित्र उन्हें घेर कर खाना खिला रहे हैं। पंडित जी बार-बार फेरों के लिए। बुलवा रहे हैं। मां उसे खोजती हुई आई हैं। वही दो उंगलियों से बार-बार ऊपर के होंठ का पसीना पोंछ रही हैं। हाथ का बैग बहुत भारी हो गया है। कस के थामे हैं।

"फेरे शुरू होने वाले हैं, मां?"

"हां! लेकिन हम रुक कर क्या करेंगे? मेरे ख्याल से तू और मैं घर चलते हैं। ये लोग विदा करवा कर लाएंगे तो घर पर बहू के स्वागत को कोई तो चाहिएगा। और बच्चों वाली भी जो चलना चाहें, ले चल! दो कारें तैयार हैं...।"

कार के शीशे नीचे करने से आधी रात की हवा सरसरा गई। वह पीछे को बैठी। मां उठंग-सी। एक हाथ में मखमल की थैली पकड़े थी। एक में उसका बैग।

"घर चल कर मेरे साथ रुपये गिनवा देना। विमल और बहू पहाड़ पर जाएंगे तो उन्हीं को दे दूंगी। मुझे क्या करना है। अब...पह आखिरी था...।"

"शादी तो अच्छी की है...।"

"हां! न भी करते तो क्या मालूम था, लव मैरिज है न। जिद पकड़

गए दोनों। एक ही बेटी थी अगलों की। हमें तो उम्मीद नहीं थी कि बात बनेगी। बहुत पैसे वाले हैं और हमारा तो...चलो, मैं तो चाहती हूं कि बच्चे खुश रहें...।"

मां तुम बदल गई हो...या...तुम्हें याद नहीं!

बैठक में पटापट साड़ियां शरीर से उतार कर फेंकी जा रही हैं। ब्लाउज चटचट खुल रहे हैं। बच्चे वाली सब अपने रोते या सो गए बच्चों को दूध पिला कर, सुला देने की जल्दी में हैं। वह जमीन पर गद्दे बिछवा कर चादरें डलवा रही है।

"क्यों नीरा, बहू का कमरा नहीं सजाया कोई?"

"नहीं, यहां कमरे हैं ही कितने! उसके पलंग वगैरह तो कल आएंगे। पूजा के बाद वे दोनों ऑबेराय चले जाएंगे। सुबह लौट आएंगे...।"

"हाय, ऑबेराय! एयरकन्डीशण्ड! यह हुई न बात! मजा भी हो तो डनलपी...।" एक बोली। दूसरी ने कंगन नचाया "न सास का डर, न ननदों की छेड़छाड़, न सुबह कपड़े छुपाने की फिकर! जो कहीं हमारा नसीब ऐसा हुआ होता।"

"तू तो फिर उसी रात जीजा जी को पहुंचा दी गई थी। यहां तो तीन दिन इंतजार करनी पड़ी, जब तक सब रिश्तेदार विदा नहीं हो गए। क्यों नीरा, तुम्हारी तो उसी दिन बात बन गई होगी? भई, बड़े घर गई थीं। हाय, क्या महाराजा-सी 'पर्सनेलटी' थी विवेक जी की। तुमने तो कभी कुछ बताया नहीं उनके बारे में। बताओ न जरा उनके कारनामे...।"

वह छूट कर कमरे से बाहर आ गई है। बदन में खून उबल-सा रहा है। उस कमरे में बत्ती गुल हो गई होगी। वे सब एस दूसरे को अपने-अपने 'उन' के विषय में बता रही होंगी। चिकोटियां काटेंगी...खीं खीं हंसेगी। बहन, भाभी के मुंह से भाई की कारस्तानियां जानेगी। चाचा के किस्से भतीजी सुनेगी। सबूत में कोई नई ब्याहता अपने शरीर पर दांतों के गोदने दिखा रही होगी..."हां, जी हां, 'ये' भी ऐसे ही हैं। सालभर में ही कमर

तोड़ डाली..." और पूरा कमरा एक शरीरी गन्ध से गरमा गया होगा।

"बताओ न, अपने उनके बारे में।" उसके भागते-भागते भी कमला ने उसे दबोच लिया था। "हम भी सुनें ये रजवाड़ों के लोग कैसे इश्क फरमाते हैं। कौन-सी रास-लीला के सबब अभी तक इतनी चुस्त हो?" और हाथ से कमला ने उसका वक्ष मसल दिया था।

"कमर भी देखों न, इनकी।' जानकी बोली थी, "कैसी कुंआरी लड़कियों-सी लचक-लचक है। क्यों नीरा, जीजा जी नचाते हैं क्या?"

"कपड़ों समेत या...?" कमला ने पल्ला खेंचा।

"छोड़ कमला, एकदम छोड़ो" वह तड़प आई थी।

"जाने भी दो न, क्यों तंग कर रही हो।" बड़ी भाभी ने बिचौवल किया। "कमला दीदी, सब तुम्हारे जैसी निर्लज्ज नहीं होतीं।"

"रहने दो भाभी," कमला ने पंजा लहराया, "ये उपदेश किसी और को देना! मां के सोते ही तुम सीढ़ियों के ऊपरी हिस्से में नहीं भाग जाती थीं क्या? जिन दिनों भैया होस्टल से आते थे? तुम्हारी 'हाय-हाय' हम नीचे से छुप कर खूब सुनते थे।"

वह छूट कर भाग आई। शरीर में खून उबला जा रहा था। बता दे उन्हें...गरमाई बिल्लियों-सी उन सबको...कि ढीले पड़े बदन की लपलप वासना कैसी होती है? कैसी होती है वह 'रासलीला' जिसमें स्नायु तनाव के चरम को नहीं पाते...तब शरीर, शरीर से कैसा छिलता है, नोचा कचोटा जाता है...?

बरामदे में खड़े-खड़े गर्मी से गला बह आया। ब्लाउज गीला हो चिपक गया। गर्दन पर जूड़ा काटने लगा। मां ने आकर बिजली जलाई...

"इतनी गर्मी में तू यहां क्या कर रही है? बिजली भी नहीं जलाई?"

"जरा कपड़े बदल लूं, फिर लुम्हारा जो काम है करवा दूंगी।"

"काम ही क्या है...मुश्किल से दस-बीस मिनट ठहर कर वे दोनों होटल

चले जाएंगे।

वह गले का हार खोल रही है। हार के जड़ाऊ टिकड़े साड़ी के कपड़ों में अटके जा रहे थे।

"यह हार तो मैंने पहले नहीं देखा...।" मां ने हार उठा लिया, बोली, "यह तो काफी भारी है, पुराना भी।" मां का हाथ हार के वजन से झुक-सा गया। दूसरे हाथ की दो उंगलियों से उसने ऊपरी होंठ का पसीना पोंछा।

"कब दिया?"

"इसी साल।"

"पहले नहीं?"

"न! तीनों बच्चों की शादी हो गई न, उसी के बाद। बाकी का भी सब दे दिया।"

"पहली बीवी का था?"

"हां...।"

तुम पूछ रही हो...मुझसे? तुम्हें क्या कुछ याद नहीं...बोलो...।

"बोलो, मां! बोलती क्यों नहीं? हम कब से खड़े हैं।"

वह कॉलेज से लौटी थी तो घर पर मामा, चाचा दोनों आए हुए थे। राजीव खूब उत्तेजित था। "बोलो जल्दी, क्या करना है?" वह मां से पूछ रहा था। "करना क्या है? कुएं में डाल आओ उसे...।" मां ने कहा था।

"तुम्हारा तो दिमाग ठिकाने नहीं है, भाभी।" चाचा कह रहे थे। "कुएं में डालने को क्या हम उसके दुश्मन हैं? और ऐसा रिश्ता मेरी लड़की को मिलता तो मैं अपने भाग्य सराहता। गाड़ी, बंगला है, लाखों का हिसाब-किताब है। सबसे बड़ी पेपर मिल का मालिक है...।"

"वह तो समझो विवेक, जीजा जी का मित्र है, जीजी, उन्हें जानता था," मामा ने कहा। "तभी वह नीरा को मांग कर ले रहा है। नहीं तो उसे रिश्ते की कमी है क्या...? उम्र ही क्या है उसकी...?"

"दुगनी, नीरा से दुगनी है कि नहीं। बूढ़ा हुआ कि नहीं?" मां लगभग

चीखी थीं।

"आज दुगनी लगती है भले, पर चालीस-पैंतालीस का आदमी बूढ़ा नहीं होता भाभी। तुमसे कुछ मांग थोड़ी रहा है? लड़की मौज करेगी...।"

"जाते ही पले पलाए बच्चों की मां हो जाएगी, पांच-दस बरस में सास, दादी...।" मां घिरे पशु-सी लड़ रही थी।

"तो पायताने बांधकर बिठा लो उसे जिन्दगीभर। आरती की भी सोचो कभी-इसके ब्याह में तो कुछ नहीं लग रहा। अपने रूप के बल जा रही है। रुपया उसके काम आएगा कि नहीं...।" चाचा तैश में आ गए थे।

"उसे भी छोड़ो, विवेक पेपर मिल्स से रिश्ता जुड़ेगा तो राजीव क्यों छोटी-सी क्लर्की में पड़ा रहेगा...रोती क्यों हो?"

"कुएं में डाल दो...कुएं में...।"

"अरे यह तो आ गई कॉलेज से।" मामा ने उसे खड़ा देख कहा था, "इसने तो विवेक को बचपन से देखा है। याद है बेटा, कैसा राजा आदमी है–तुझे तो इनकार नहीं न...?"

इनकार?

आरती के खत आते। दीदी, तुम तो यहां आती नहीं हो। मां भी बहुत कठोर हो गई हैं। जरा भी प्यार नहीं करतीं किसी से। तुम्हें भी याद नहीं करती। तुम्हारा नाम लेते ही आग हो जाती है। सभी उससे डरते हैं। मां तो ऐसी नहीं थीं। "मेरा मन नहीं लगता। राजीव भैया के दूसरा बेटा हुआ है...उन्होंने स्कूटर ले लिया है...।" "तुम क्या मेरे विवाह में भी नहीं आओगी। सुना है तुम्हारे बेटे...यानी जीजा जी के बेटे का भी उसी दिन विवाह है...।"

मां हार की टुकड़ियां गिन कर उसके वजन का अन्दाजा लगा रही है "तीस तोले का है, मां।"

"तगड़ी भी होगी इसके साथ? पहले दोनों साथ बनाए जाते थे," आवाज भारी हो गई है सोने के बोझ से।

"हां, है।"

मां उसकी ओर देख रही है, भारी है? ज्यों पूछ रही है।

"हां, भारी है। चालीस-बयालीस तोले की...।"

"ले रख दे। शायद बहू आने वाली है...संभाल कर रखना ताले में...।"

भूल गई हो मां, तुम सब भूल गई। एक बार पूछो मां, पैंतीस क्या बूढ़ा होना होता है–लड़की के लिए? पूछो...। तुम तो कुछ भी नहीं पूछती! या इसलिए कि तुम्हें सब याद है?

पांच दिन

रात देर तक नींद नहीं आई। सुबह भी आंख जल्दी खुल गई। पर जानकी से उठा ही नहीं जा रहा। घड़ी ने साढ़े सात बजाये तो उठी है। मुंह धोकर नीचे आई है और अपनी चाय बनाकर बाहर पोर्च में बैठ गई है। उसे पता है सुबह यहां सब हड़बड़ी में होते हैं। इसलिए पोर्च में बैठना अच्छा लगता है।

अन्दर अपने कमरे में ललित दफ्तर जाने की तैयारी कर रहा है। बच्चों के स्कूल अभी गर्मियों के लिए बन्द नहीं हुए हैं। दसेक दिन में होंगे। प्रज्ञा दोनों बच्चों को जूते पहना रही है। वहीं से वह जानकी को अभिवादन करती है। और टिन्नी व नीरू से कहती है "जाओ, दादी जी से बॉय कहो, स्कूल बस आने वाली है...।"

बच्चे शरमाये से बाहर आते हैं, "बॉय दादी जी..." "बॉय नीरू," जानकी कहती है। "बॉय, टिन्नी। जब स्कूल से आओगे तो कहानी सुनाऊंगी।" बच्चे प्रसन्न होकर अपने-अपने बस्ते कमर पर चढ़ाते हैं। प्रज्ञा उनको लेकर बस तक छोड़ने गई है। सुबह का *न्यूयार्क टाइम्स* वैसे ही बिना पढ़ा रखा है मेज पर। जानकी से विदेश आकर समाचार पत्र नहीं पढ़े जाते। अपनी इसी असमर्थता पर उसे विस्मय होता है। प्रज्ञा शाम में पढ़ती है, जब सब टी. वी. देखते हैं। फिलहाल वह बच्चों को बस में बैठाकर आ गई है और अपने कमरे में चली गई।

प्रज्ञा !

सुनकर अच्छा लगता है। कितना सुन्दर शब्द-बिम्ब बनता है। प्रज्ञा

हिन्दी-इंग्लिश के शब्दकोश में लिखा है : 'ए कलेवर वुमन'–एक समझदार स्त्री !

किन्तु विदेश में प्रज्ञा शब्द के उच्चारण में कठिनाई होती है सभी को। अक्सर प्रज्ञा अपनी मां पर झल्लाती है–इतना कठिन नाम क्यों रखा? किसी को बताओ तो दो-तीन बार से कम में मुंह ही नहीं चढ़ता। 'प्रज्ञा'–प्रा...ग्...या हां ठीक है प.रा.गा। धीरे-धीरे प्रज्ञा का संक्षिप्त संस्करण प.रा..ग हो गया है। कैसा शब्द-आसवन है, निचुड़ा भी ठीक ही पराग। पर यहां कोई पूछे तो कैसे बताए बेचारी कि पराग माने 'पोलन' जिससे छींक-छींक कर आप अधमरे से हो जाते हैं। जानकी ने ही उसे बताया एक दिन कि पराग माने मधु 'नेक्टर' ! तब से प्रज्ञा प्रसन्न है।

आठ बजे ललित सदा सा ही भागता-दौड़ता दफ्तर निकल गया है–'बॉय मम्मी' कहता हुआ। बस यही कहेगा वह अगले दस दिन तक 'बॉय मम्मी' और शाम को 'हाय'...और फिर खाना खाते समय, "क्या किया दिन भर... ?"

"कुछ नहीं ! मतलब खास कुछ नहीं। एक किताब पढ़ रही हूं। दोपहर को तो बच्चे आ ही गए थे। हम सैर को गए..."

तभी एकाएक प्रज्ञा कुछ कह कर ललित का ध्यान कहीं और ले जायेगी। धीरे-धीरे जानकी तब उठ जायेगी और 'गुड नाइट बेटे, प्रज्ञा' कह कर ऊपर अपने कमरे में चली जायेगी। बच्चे तो सात-साढ़े सात तक सो ही जाते हैं। बड़ों के खाना खाने से पहले। हां शनिवार को ललित कहेगा, "बैठो, कोई फिल्म देख लो..." तब थोड़ी देर वह बैठेगी। ललित अपना 'लैपटॉप' निकाल कर काम करेगा। प्रज्ञा उठकर कोई हिन्दी फिल्म लगा देगी। जानकी देखेगी फिल्म की घटिया मार-पीट, एक-आध अच्छा गाना। सोचेगी दस में से नौ फिल्में ऐसी ही रहती हैं। फिर अब तो उसे नये-नये अभिनेताओं के नाम भी नहीं पता। प्रज्ञा हमेशा उसके अज्ञान पर हंसती भी है। जानकी तब मान लेती है "सच्ची, मुझे तो हिन्दी फिल्में यहीं आकर देखने को मिलती हैं। वहां तो देखती नहीं..." प्रज्ञा तब

हंसेगी जोर से अपनी इस पढ़ी-लिखी अज्ञानी सास पर।

और कहेगी, "आप भी मम्मी बस हैरत में डालते हो मुझे..." जानकी हर बार की तरह चुपचाप मुस्कराती रहेगी। अगली सुबह प्रज्ञा अपनी मां से फोन पर लम्बी बात करेगी फिल्मों के बारे में...।

चाय पीकर जानकी प्याला धोती है।

बच्चों को लौटने में अभी समय है। तब तक घर में केवल जानकी और प्रज्ञा ही हैं।

प्रज्ञा नहाकर अभी बाहर आयेगी।

जानकी इस बार दो वर्ष बाद आयी है दिल्ली से।

सोचती है दस दिन रहेगी, तो दोनों बच्चे उसे पहचानने लगेंगे। इन दो वर्ष में नीरू भी भूल गई। तीन बरस की ही तो थी जब वह आई थी यहां पिछली दफे। और टिन्नी तो वैसे भी बोलना नहीं जानता था, दादी को याद क्या रखता। अब वह साढ़े तीन वर्ष का है नीरू पांच पार कर गई है। शायद दोनों बच्चे इस बार उसे न भूलें। भूलेंगे क्यों नहीं–जाने कब फिर आना हो। समय का क्या भरोसा?

प्रज्ञा तौलिए से बाल झटकती बाहर आती है। "अकेले बैठी हैं?" जैसे पूछा

हो, खाली बैठी हैं? "हां!" जानकी हाथ पोंछती हुई कहती है, "कुछ काम हो तो बताओ...।"

"नहीं। कोई काम नहीं।"

प्रज्ञा हर वर्ष यों ही भूमिका बनाती है। आज जानकी को न्यूयार्क आए तीसरा दिन है। पिछले दो दिन तो शनिवार इतवार था। ललित बच्चे घर थे, और वह स्वयं अभी 'जेढलेग' में सोई-सोई थी। फिर फोन भी 'कितने आये। शिकागो से मीरा का। 'मम्मी आप आ गई? बच्चे बात करेंगे।' दोनों नातियों से बात। कुछ लेखक मित्रों का फोन। कई बार उसके पति भास्कर का फोन फिलेडल्फिया से। भारत से छोटे बेटे मनु

का फोन। 'ठीक पहुंच गई, मम्मी?'

"मम्मी," प्रज्ञा वापिस आती है। फिर अकारण खिसियाई सी हंसती है। साथ में दो-तीन कपड़े हैं। "ये मैंने सिंगापुर में लिए थे। 'रैप अराउण्ड'। इनका बड़ा चलन है।"

जानकी खोल कर देखती है।

तहमद जैसा, छपा हुआ नीला कपड़ा है। शायद महिलाओं की लुंगी हो।

"अरे, इन्हें कैसे पहनते हैं?" हैरान पूछती है।

प्रज्ञा कमर में कपड़ा लपेटती है। लम्बी स्कर्ट-सा बन जाता है। कपड़े की तनियां प्रज्ञा कमर में बांध लेती है। घूम-घूम कर दिखाती है।

"अच्छा है न?"

"हां तुम पर अच्छा तो सभी लगता है।" सच बात है, प्रज्ञा पर कुछ भी फबता है।

"लेकिन मम्मी यह मेरे लिए लम्बा है। यहां तक होना चाहिए," चुटकी से प्रज्ञा कपड़ा उठाकर टखने तक लाती है। "कोई तीन इंच बड़ा है। पहनने को मन करता है। पर डेढ़ साल से ऐसे ही पड़ी हैं ये सब..."

"छोटी कर दूं?" जानकी पूछती है। हर वर्ष की तरह यह नाटक दोनों ओर से ऐसे ही चलता है।

"सच आप कर देंगी?"

"क्यों नहीं!"

"मशीन निकाल दूं।"

"मैं निकाल लूंगी। मुझे पता है कहां रखी है। बस प्रेस दे दो, ताकि 'हैम' को मोड़ कर प्रेस कर लूं ठीक से। एक मिनट खड़ी रहो निशान लूं..."

प्रज्ञा शायद अपनी समझदारी पर अपने को बधाई देती है मन-ही-मन।

जानकी मशीन चलाते हुए मशीन का आनन्द लेना चाहती है। कितने समय बाद मशीन चलाती है, वह जब भी अमरीका आती है बस तभी। मशीन पैर से चलती है। हाथ से चलाने वाली होती तो और भी अच्छा होता। जैसे बचपन में अपनी मां की मशीन हाथ से चलाती थी। खेल-खेल में।

दिल्ली में जानकी के घर में मशीन का अवसर ही नहीं बनता। जो करना होता है वह 'अम्मा'–उसकी पुरानी आया, कर देती है पहले से। "लो बिटिया तुहार पेटीकोट सिल दीं। गिर न पड़तीं, बखिया उधड़ी पड़ी थी।"

मनु सुनता तो हंसता।

"मम्मी को तो टांका लगाना आता नहीं। अम्मा, तुम न करो तो इनके कपड़े तो उधड़े-पुधड़े ही रहें..."

"चल रहने दे। तुझे क्या पता मैं क्या-क्या कर सकती हूं" वह मीठा झिड़कती।

"मालूम है। केवल ललित के घर में तो। यहां तो पढ़ाने और लिखाने से तुम्हें फुर्सत कहां। हां ललित भैया की पसन्द का कोई भी काम हो तो कर लोगी..."

मशीन चलाते-चलाते जानकी सोचती है, ललित कहां कभी कुछ काम को कहता है। वे तो उसके कॉलेज के जमाने की बातें थीं। जब होस्टल से घर आता था, 'मां यह बनाओ, वह ला दो ये कर दो..." और एक उत्सव-सा होता था। ललित अमरीका गया और जानकी पुस्तकों में। मनु जब तब चिकोटी लेता है, "आज पुलाव बनाओ न मंगोड़ी वाला।"

"बनाऊंगी"

मनु को पता है नहीं बना पायेगी। या तो कोई मिलने वाला आ जायेगा या फोन, या कुछ और। पुलाव तो फिर 'अम्मा' बनाएगी जैसे कि और सभी काम करती है।

नहीं रहा जाता तो मनु कह देता है, "हां भई, मैं ललित थोड़े हूं। वह भारत आयेगा तो भरवां भिण्डी बनेगी, पकोड़ी बनेगी, मूंग दाल का चीला बनेगा..."

मशीन पर जानकी का हाथ रुक जाता है। मनु की याद आती है। कितना पास है वह दूर से भी। और ललित पास होकर भी उतना का उतना दूर। बीच में प्रज्ञा है।

वह प्रज्ञा को प्रसन्न करते रहने में जुटी ही रहती है। जैसे प्रज्ञा की नाराजगी में ललित उससे और भी दूर हो जायेगा और टिन्नी तो जैसे फिर खोजे न मिलेगा न नीरू का दा...दी जी ही सुनने को। मनु से कितनी चिरौरी करती है वह कि शादी कर ले पर मनु माने तब तों।

दोनों 'रैप अराउण्ड' छोटे कर जानकी उठती है। आवाज देकर कहती है, 'प्रज्ञा पहन कर देख लेना जरा...'

"पर्फेक्ट, मम्मी।" प्रज्ञा के बड़े-बड़े दांत खिले दिखते हैं। "हमें तो यकीन नहीं आता आप यह सब कर लेती हैं," वह कहती है।

जानकी को पता है यह प्रशंसा 'अन्य' कुछ करने का निमंत्रण भी है। वह कहती है, "कुछ और काम हो तो निकाल देना। अभी तो मैं हूं पांच छः दिन..."

"आपको ही जिद है," प्रज्ञा कहती है। "पूरा गर्मी ठहरिये न...।"

जानकी हंस देती है।

"दोपहर में तुम्हारा क्या खाने का मन है? बना दूं," जानकी पूछती है।

"नहीं मम्मी," प्रज्ञा कहती है। "बच्चों को लेने जाऊंगी तो हम 'पीजा हट' पर खा लेंगे। आप क्या लेंगी...बनाऊं?"

जानकी को सुनाई देता है, "आपके लिए तो कुछ नहीं बनना?"

"अरे मैं तो वही 'ग्रिल चीज' बनाऊंगी अपना। तुम जाओ समय तो हो ही रहा है बच्चों की छुट्टी का..."

प्रज्ञा जैसे छूटती है किसी अदृश्य जकड़न से और गैरेज़ से कार निकालती है।

बड़ा-सा घर है। छह बेडरूम हैं। सफाई वाली कल आयेगी।

जानकी कुछ देर सन्नाटे को सुनती है। फिर धीरे-धीरे उठकर बच्चों के यहां वहां छोड़े खिलौने बीन कर यथास्थान रखती है। सोफों के कुशन सीधे करती है। सिंक में पड़े बर्तनों को 'डिश वाशर' में चुनती है।

फिर एक नजर कमरे पर डालती है–

कोई काम रह तो नहीं गया? काम की इतनी चिंता क्यों करती है जानकी?

उसे कोई काम करने को कहा तो नहीं जाता।

फिर यह कैसा भय है?

वह क्यों अपनी सारी शख्सियत के बाद भी इतनी भयमारी है? क्यों ललित के घर में काम करने से उसे सुरक्षा का बोध होता है?

क्यों उसे लगता है कि जितना यहां खाती है उतना काम उसे कर लेना चाहिए। रसोई का काउण्टर गीले कपड़े से पोंछ जानकी अपने कमरे में लेटती है।

उसे पता है दोपहर में प्रज्ञा कच्चे मीट का बड़ा-सा पैकेट फ्रीजर से निकाल कर सिंक में रख देगी, ताकि वह शाम को पकाया जा सके। ललित तो अभी भी शाकाहारी है। प्रज्ञा और बच्चे नहीं।

पकते ही मीट की गंध सारे घर में फैलेगी। उससे बचने जानकी बच्चों को लेकर सैर को निकल जायेगी। मीट को चाकू से जब प्रज्ञा काटती है लो जानकी को कई घंटे मतली होती है। वह इलायची मुंह में डाल अपना सन ठीक करती है। चाहती है उतनी देर उसे रसोई में न जाना पड़े। पर ऐसा कहां सम्भव है। रसोई तो यहां घर के बीचों-बीच है बिना दरवाजे की। कहीं से भी दिखाई देती है। प्रज्ञा को ललित ने कहा भी था, "मम्मी

जब होती हैं न पकाया करो" ...उसके बाद बड़ी देर तक प्रज्ञा की आवाज का गुस्सा और "क्यों?" हवा में तैरता रहा था। अब ललित कुछ नहीं कहता। चुप है। और जानकी तो कभी बोली ही नहीं। शायद जानकी के आने से ललित भी भयभीत होता है कि अब प्रज्ञा जाने किस बात पर भड़क उठे–फिर कमरा बन्द कर उससे कितनी अनुनय-विनय करता है। 'कम-से-कम मां के आगे तो चुप रहो।'

ललित का यह भय ही जानकी को दहलाता है भीतर-भीतर..तोड़ता है।

वह नहीं जानती कि इस चुप्पी से कौन किसको बचा रहा है, ललित उसे या

वह ललित को।

डरते-डरते ही उसने पिछली दफे अपने पति भास्कर से कहा था, "प्रज्ञा और ललित जाने क्यों इतना 'टेन्स' रहते हैं। मेरे आने से शायद..."

"तो मत जाओ वहां। रहो यहीं मेरे पास...उन्हें मिलना होगा तो वे यहां आ जायेंगे।'

"पर यहां फ्लैट में जगह तो है नहीं। वे आयेंगे तो शाम तक चले जायेंगे।"

"ठीक तो है। इससे अधिक जरूरत भी क्या है?"

जरूरत?

भास्कर को कभी किसी की जरूरत का पता रहा भी है क्या? 15 वर्ष से वह उसे और मनु को छोड़ फिलेडल्फिया में रह रहा है। अपने छोटे से फ्लैट में पूर्ण तरह से आत्मनिर्भर। कभी-कभी जानकी को ईर्ष्या होती है। वह क्यों भास्कर जैसी नहीं हो सकी? क्यों वह मनु से दूर न जा सकी। और हर वर्ष अपने दोनों बच्चों, मीरा और ललित को देखे बिना क्यों वह रह नहीं सकती? भास्कर तो यहां अमरीका में रहते हुए भी किसी से मिलता नहीं। बस फोन पर फर्ज अदायगी करता है। भास्कर से मन की बात कही भी तो नहीं जा सकती। जानती है कहेगा, "इतनी

दूर आती हो, इतना खर्च करती हो फिर अन्दर तक कट-फट कर वापिस दिल्ली जाती हो। बच्चों का मोह छोड़ क्यों नहीं देती? उन्हें है क्या तुम्हारी जरूरत? तुम्हारे आने से उनकी गृहस्थी ही डोलती है। क्या नहीं? मस्त रहो जैसे और रहते हैं। तुम भी 'डिटैच' करो अपने को सबसे...निरासक्त हो जाओ।"

डिटैच! निराक्त!!

कितना 'डिटैच' करे जानकी? कब तक? कोई सीमा है इसकी? 9 वर्ष पहले ललित ने जब लिखा था कि उसे एक लड़की पसन्द आई है, और वह यहीं अमरीका में उससे विवाह करेगा, तो क्या उन सब सपनों से उसने डिटैच नहीं किया था अपने आपको जो उसने पाले थे और वे भी ललित के ही कथन पर कि 'नहीं मां, मैं विदेश में नहीं बसूंगा औरों की तरह। मैं तो पढ़ाई समाप्त होते ही सीधा दिल्ली आऊंगा। और अमरीका जाते समय उसने कुर्ते-पायजामें यहां तक कि एक गांधी टोपी भी अपने सामान में रखी थी। और अब अमरीका में विवाह–माने देशांतरण!

प्रज्ञा का तो भारत में कोई था नहीं। सब अमरीका में ही थे–चाचा, बुआ, नाना, मामा ढेर कुनबा। तो ललित कैसे आता बार-बार जानकी ही जाती है जब रहा नहीं जाता।

सहा नहीं जाता।

बच्चों का यों देश छोड़ देना।

मां को छोड़ देना।

सारी सम्पत्ति जो उनके लिए जुटाई, उसे छोड़ देना।

पर सहना होता है। और भास्कर कहता है 'डिटैच करो। जैसे वह स्वयं को डिटेच कर, ललित और मीरा के अमरीका बस जाने के बाद, अमरीका चला आया। जानकी और मनु रह गये थे वहीं दिल्ली में।

"क्यों जा रहे हो अब?" जानकी ने पूछा था। "यहां नहीं रह सकता, इस कर्रप्ट देश में। मीरा के विवाह होने तक रुका था। अब अब वापिस

वहीं जाऊंगा जहा मेरी ट्रेनिंग हुई विज्ञान में। बहुत काम करना है मुझे...रिसर्च...'

"और मैं– ?"

"तुम भी चलो। छोड़ो यह दो टके की प्रोफेसरी–"

"और मनु–"

"उसे तो अभी वीसा नहीं मिलेगा। इकीस के ऊपर है वह–"

"मनु को अकेले कैसे छोड़ दूं। और इस घर को ?"

"तो रहो। मुझे तो जाना है। मुझे कोई अटैचमेन्ट नहीं–"

भास्कर चला गया। वह नहीं गई। तब से मर ही तो रही है जानकी धीरे-धीरे। शायद भास्कर ठीक ही कहता था। गीता भी तो यही कहती है–

ध्यायतो विषयान्पुंसः सङ्गस्तेषूपजायते
सङ्गात्संजायते कामः कामात्क्रोधोऽभिजायते
क्रोधोद्‌भवति संमोहः सममोहात्स्मृति विभ्रमः
स्मृतभ्रंशाद् बुद्धिमाशो बुद्धिनाशात्प्रणश्यति...

तीन बजने को हैं। प्रज्ञा और बच्चे आते ही होंगे। जानकी चाय की केतली में पानी गरम करने रखती है। बेसन घोलकर उसमें आलू काटती है। एक हरी मिर्च। प्रज्ञा को पसन्द है एक बड़ा प्याज।

"मम्मी!" प्रज्ञा दवाजा खोलते ही कहती है, "फिर काम करने लगीं।"

"तो क्या हुआ। तुम्हें पसन्द हैं। फिर खाली बैठा भी नहीं जाता। लो खाओ, अभी गर्म-गर्म हैं।"

जानकी बचे हुए घी में पापड़ के टुकड़े डालती है। नीरू को पसन्द हैं। फिर हाथ पोंछकर टिन्नी को गोद में बैठाती है।

"हलवा खाओगे ?" टिन्नी नहीं समझता। प्रज्ञा समझाती है "यम् यम् मीठा मीठा वाला"। जानकी जानती है प्रज्ञा को सूजी का हलवा बहुत

अच्छा लगता है। उठकर बनाने लगती है। घर आने पर ललित भी ले लेगा दो चम्मच। प्रज्ञा को तो क्या ही समय मिलता होगा बनाने का।

शाम ढल रही है।

भिगोने में मीट खदक रहा है।

जानकी लॉन में पानी लगाने के बहाने खुली हवा में आ गई है। दोनों बच्चे साथ में हैं। गीली घास पर दौड़ रहे हैं। वे जानकी को रिझाना चाहते हैं।

"देखो देखो दा...दी ज़ी..."

'नहीं बेटा इतना तेज नहीं भागो! गिरोगे! चोट लगेगी' वह दौड़कर नीरू को पकड़ लेती है। और कलेजे में भींच लेती है।

एकाएक नीरू कहती है, "आई लव यू दा...दी जी" पीछे से टिन्नी नकल करता है "आई लव यू दा...दी जी" और जानकी की पीठ पर लद जाता है।

फोन पर अन्दर प्रज्ञा अपनी मां से बात कर रही है।

"नहीं, बाहर हैं, नहीं, इस बार तो कहती हैं दस दिन को आई हैं.. नहीं, पूरा महीना नहीं, उम्मीद तो यही है... नहीं नहीं ललित ठहरने को नहीं कहेगा पिछली दफे का क्या उसे याद नहीं कि मुझसे पूछे बिना कुछ भी करने से कितनी टेंशन होगी। न...न मॉम, वह खुद क्या कम चालाक है। वह खुद ही नहीं ठहरेगी। फिर उसकी बेटी क्या कम है–वह मीरा–उसे भड़काती रहेगी हमारे खिलाफ। पिछले साल मैंने सुना चुपके से एक्सटेंशन फोन पर, कह रही थी "हमारे यहां तो रहती नहीं...वहीं तुम्हारा जी लगता है..." अच्छा रखती हूं आती ही होंगी अन्दर। हां...हां ललित की दो पेंट हैं कल दूंगी। बेटे के लिए तो वह कुछ भी करेंगी जिप ही तो बदलना है नहीं तो फेंकनी पड़ेंगी...बॉय...क्या? हां लाई हैं।, वह तो हर बार लाती हैं। मेरे लिए हीरे के टॉपस् हैं, नीरू के लिए पेडेंट और टिन्नी के लिए सोने की चेन...ललित? उसके लिए सिल्क का कुर्ता

पयजामा...हां, हां मॉम, मुझे याद है मौका देखकर कहूंगी जब ललित नहीं होगा कि मुझे तो अब के हीरे की चूड़ियां चाहिएं, आखिर खुद भी तो पहनती हैं। नहीं...महंगी सस्ती क्या? नौकरी तो करती हैं सासु जी। मैं नहीं मागूंगी तो वह मीरा को नहीं दे देंगी?–देती हैं तो दें पर पहले मेरी बनवा दे। अच्छा रखती हूं...शायद वह आती ही होगी..."

प्रज्ञा शायद नहीं जानती कि गर्मी में जब घर की खिड़की खुली होती है तो भीतर की आवाज बाहर तक जाती है। किचन गार्डन में चुप खड़ी जानकी अपनी महंगी साड़ी के पल्ले से ही अपने गीले हाथों को पोंछे जा रही है। ऐसा तो वह कभी नहीं करती। प्रज्ञा ने फोन बन्द कर दिया है।

जानकी सोच रही है, पांच दिन और! आज तो सोमवार है मंगल, बुध, वीर, शुक्र, शनि...भास्कर तो शनिवार को ही आयेगा फिलेडल्फिया से उसे लेने। पांच दिन...! जानकी भीतर-ही-भीतर थरथरा सी रही है।

नीरू और टिन्नी भाग कर आते हैं कहीं से। और उसके पैरों से लिपट जाते हैं।

"दा दी...जी वही कहानी सुनाओ ना..."

"कौन-सी?"

"कल वाली, जिसमें नदी बच्चों से पूछती है, आकाश से ऊंचा क्या है...मैं पापा को बताऊंगी?"

"क्या बतायेगी?"

"पापा को बताऊंगी, पापा, आप तो आकाश से भी ऊंचे हैं..."

"और मम्मी को क्या बतायेगी?"

नीरू सोचती है। "भूल गई...दादी जी...फिर बताओ न..."

टिन्नी अपनी छोटी-सी हथेली उसके गाल पर रखता है, "दादी जी... आप रो क्यों रही हो?"

जानकी दोनों बच्चों को कसकर छाती से लगाती है। वह अभी भी थरथरा रही है पत्ते-सी, जो टूटा तो दूर गिरेगा...जाने फिर मिले न मिले।

नौ वर्ष पहले जब ललित के बुलाने पर, ललित-प्रज्ञा के विवाह को संपन्न करने वह अमरीका आई थी, तो ललित ने ही एकांत में बैठा उससे कहा था, "मां, प्रज्ञा अमरीका में पली है। बहुत 'अमेरिक्नाईज्ड' है। उससे किसी भारतीय तौर-तरीके की अपेक्षा नहीं करना।"

नहीं की थी।

की थी तो केवल एक अपेक्षा कि ललित की गृहस्थी ठीक-ठाक चलती रहे और उस उपक्रम में जानकी ने वह सारा इतिहास जो पच्चीस वर्ष तक एक मां बेटे में घटित होता है, स्मृति की किसी अभेद खंदक में छोड़ दिया था, जहां जाते भी डर लगता है।

यदि ललित स्वयं इतना निरस्त-सा नहीं दिखता तो वह उससे पूछती कि, "अपेक्षा न करने के नियम क्या बस मांओ के लिए ही बनाती है संतान?"

पतन-पुराण

"जानती हो, वह मुझे साध रही थी और मुझे पता ही नहीं चला!"

"साधने वाले इतने सरल थोड़े होते हैं कि पता चल जाए। पर तुम भी तो कुछ मूर्ख रही होंगी जो समझ नहीं पाई?"

"मूर्ख तो थी, मानती हूं। लेकिन वह मुझे साधने की क्षमता रखती है ऐसा भान तो उसके व्यक्तित्व से नहीं हुआ। लम्बी चोटी, पैर में चप्पल कपड़े भी बस ठीक-ठाक। यानी ऊपर से नीचे तक छोटे शहर में पले होने की छाप–एकदम भैंजी।"

"यही भैंजी और घरेलू अन्दाज ही तो मारक होता है। पता नहीं था क्या?"

"नहीं था। तभी तो। उसका अटक-अटक कर बात कहने का उपक्रम रह-रह कर मेरी ओर मुग्ध हो देखना, बात-बात में मेरी लिखी पंक्तियों का उद्धरण...जाने कितना पढ़कर आई थी। बस सराहती ही रही सारी सुबह–कभी कमरा, कभी कोई चित्र, कभी मुझे। समझ लो कि मुझे उसका वह सांवला-सा मुख और माथे की बड़ी-सी टिकुली भा गए।"

"और उपहार में लाई साड़ी?"

"वह भी। डरते-डरते उसने डिब्बा मेज पर रखा..."

"जैसे कोई सूरज को अर्घ्य चढ़ाए–क्यों?"

"मजाक नहीं।"

"अच्छा नहीं। पर यह बताओ तुम उसके हत्थे चढ़ कैसे गईं उतनी सरलता से? तुम्हें तो पीछे पड़ने वाले घेरते ही रहते हैं। इसमें ही ऐसा

क्या था?"

"इसका स्त्री होना, क्योंकि जो घेरते रहते हैं वे अक्सर पुरुष होते हैं। उनसे चौकन्ना रहना आता है मुझे। दिल्ली सिखा देती है बहुत कुछ। पर रेणु तो..."

"भक्तिभाव से आई थी–क्यों?"

"हां, शायद। पर इससे भी अधिक उसका इतना निरीह-सा होना। बड़े शहर के फास्ट और स्मार्ट लोगों से डरे-डरे-सा होना। फिर वय में भी तो मुझसे कुछ बड़ी ही थी। लगा एक मित्र मिली, इसीलिए इतनी ममता पा गई मुझसे..."

"कहो कि तुम ठगी गई बुरी तरह से।".

"चलो तुम्हीं बताओ कि ऐसा हुआ क्यों मेरे साथ?"

"सिम्पल! इस शहरी ऊसर में एक ही तो इच्छा ऐसी है, जो पूरी नहीं होती कि कोई हमारा भक्त हो। हमें माने, हम पर अकारण विश्वास करे। श्रद्धा से ओत-प्रोत दिखे। अब इतनी कृतार्थ हुई तुम बचती भी कैसे।"

"तुम तो यों कह रही हो ज्यों वह मेरा शिकार करने आई थी। वह तो मात्र इतना कह रही थी कि दिल्ली आने पर जिन गिने-चुने लोगों से मिलने की उसे उत्कट इच्छा थी उनमें मेरा नाम प्रमुख था। मेरे छपे आलेखों से ही उसने चित्रकला का इतना मर्म जाना। जाने क्यों मुझे विश्वास हो गया उसकी बातों पर।"

"फिर इतनी चोट क्यों लगी? आखिर हुआ क्या?"

"वह आने जाने लगी। अक्सर। अपना कुछ काम दिखाने के बहाने या यूं ही मुझे 'देखने'। और मैं मन ही मन तुष्ट होती रही। उसमें अहम् जैसा कुछ लगा नहीं। बहुत ही समर्पित-सी थी। एक शिष्य-सी। सो जहां भी मैं जाती उसे ले जाती। उसका पति दिल्ली की अपनी नई नियुक्ति से जूझ रहा था। उसके पास पत्नी के लिए समय कम था। वह सब कुछ जान लेने को बहुत आतुर दिखी। समझ लो कि मेरी गाड़ी, मेरे प्रोग्राम, वह सब में मेरे साथ-साथ। किस-किस से नहीं मिलवाया उसे हर कलाविज्ञ

और आलोचक से, हर अच्छे बुरे कलाकार से..."

"...।"

"कि इसमें कहीं कुछ गलत जैसा होगा मुझे बहुत देर से समझ आया। या समझ कर भी मैं समझने से इन्कार करती रही। दोष अपना ही था। उसके दिए आलोक-वृत में मैं इतनी दूर चली गई कि उसे अपने से अलग कर देखने का कोई सुभीता न था। तभी शायद कहते हैं कि नाक तले का ही अंधेरा नहीं दिखता।

"...।"

"चुप क्यों हो?"

"सुन रही हूं। कहो तुम। क्या नहीं दिखा?"

"उसका झूठ बोल देना। बात-बात में। जैसे सच बोलना उसे आता ही न हो। जब वह औरों से झूठ बोलती तो मुझे न सूझा कि मुझसे भी तो बोलेगी। उस सादे से व्यक्तित्व में कुछ ऐसा था जिसने मानो मेरा विवेक ही हर लिया था। नहीं तो मां ने सिखाया था मुझे कि जो बात का धनी नहीं उस सा रंक फिर कोई भी नहीं।"

"एक बात बताओ। उससे स्वयं के छुड़ाने में तुम्हें इतना समय क्यों लगा?"

"किसी हारे हुए को बाजी पर से उठते देखा है क्या? मुझे विश्वास ही नहीं होता था कि वह मुझसे मक्कारी कर सकती है। जैसे एक दिन मैं उसके घर अचानक पहुंच गई बिना बताये। शायद उसका फोन खराब था। मुझे देखकर उसने बड़ी प्रसन्नता जताई इतनी कि उसके चेहरे का उड़ा रंग मुझे दिखा ही नहीं। मैं भी लहराती-सी बोली, भई चाय पिलाओ अदरक वालीं बड़ी सर्दी है...'अभी लो' कहकर वह रसोई की तरफ जाते-जाते खाने की मेज के पास रुक गई। अपने सेवक को लाकर बोली 'चलो, उठाओ इस टोकरी को..." रेणु की घबराहट देख मैंने पूछा, 'ऐसा क्या है भई इसमें। पड़ी रहने दो मैं तो घर की ही हूं न।' 'कुछ नहीं है' वह झेंपी सी बोली, "राठी साहब को मेवा बहुत पसन्द है न, आज सुबह

ही ले आए थे 'मार्निंग स्टोर' से।' तब तो मैं समझ नहीं पाई पर अब जानती हूं कि मेवा का इतना बड़ा टोकरा कोई नहीं खरीदता। उसके पति को घूंस दे गया होगा कोई। सो दे। डी. डी. ए. में है न वह। पर मुझे क्यों बना रही थी रेणु? मैं क्या मूर्ख हूं?"

"आज पता लगा? हमें तो बहुत दिन से पता है कि मूर्ख हो।"

"...एक दिन और मैंने उसे फोन किया कि वह तैयार हो जाए फलां समय शो में चलना है। बोली, 'नहीं जा सकूंगी'। 'क्यों? तुम्हीं तो जाना चाह रही थीं? मैंने पूछा। बोली, 'तबियत ठीक नहीं, बुखार है तेज...।' 'अच्छा ठीक हो जाओ जल्दी'। फोन तो मैंने रख दिया पर मन बेचैन रहा। कहीं उसे यह न लगे कि परदेस में कोई हाल चाल लेने वाला नहीं। मैंने कुछ फूल मंगवाए और घंटे भर बाद उसके घर पहुंची। छुट्टी का दिन था। उसका पति भी शायद घर था। दरवाजे गाड़ी खड़ी थी जिसमें उनका सेवक मिठाई के डिब्बे रख रहा था। मैंने पूछा, 'रेणु मैडम हैं? बोला हां, हैं। तैयार हो रही हैं। कहीं जाना है। रात को देर से आयेंगी' उसके हाथ में जो मिठाई का डिब्बा था उस पर शहर के नामी गिरामी चित्रकार के नाम का कार्ड और पता चिपका था। फूल मैंने सेवक को ही दे दिए शायद घीसा नाम था उसका। कहा, 'अन्दर दे देना। कहना मैं जल्दी में थी। हाल पूछने आई थी। चली तो आई पर सन्नाटे में आ गई उस दिन। यदि वह कह देती कि कहीं और जाना है तो मैं क्या उसे रोक लेती। बीमारी का बहाना बनाना तो वैसे भी घोर पाप है..."

"लो, इतनी बड़ी सम्पादक क्या अभी तक पाप में विश्वास है तुम्हारा? रहीं न आखिर उनन्नीसवीं सदी की। अच्छा बताओ जब तुमने उसे पहचान ही लिया था तो छोड़ा क्यों नहीं उसे?"

"छोड़ तो देती किंतु इस बीच कुछ ऐसा होने लगा, जो बड़ा रोचक था। बहुत ही विस्मय में डालने वाला।"

"ऐसा भी क्या?"

"मेरी इस भक्त का एक भक्त अवतरित हुआ उन्हीं दिनों। रेणु

अक्सर उसकी बातें करती रहती थी, किंतु मुझे ही कुछ समझ नहीं आया कि आखिर क्या सम्बन्ध है दोनों का। एक दिन रेणु ने अपने घर दावत रखी और उसे मिलवाया। वह वहीं था अपने परिवार सहित।"

"पहेलियां न बुझाओ। कौन था सुनें तो?"

"राघव त्रिपाठी। रेणु राठी के पति का गहरा दोस्त। राघव भी उसी शहर से दिल्ली आया था जहां रेणु रहती थी। दस महीने पहले यह आई अब राघव भी डायरेक्टर होकर आ गया था उसके पीछे-पीछे।"

"हाऊ रोमांटिक! पर तुम्हें कैसे पता कि वह रेणु के पीछे-पीछे दिल्ली आया था?"

"मालूम था! इश्क की मुश्क कभी छुपी है क्या? राघव की तो आंख ही नहीं हटी रेणु पर से सारी शाम।"

"खासा बोर आदमी होगा।"

"नहीं! खासा सुदर्शन। दिखने में एक दम अफसर। रंग रेणु से उजला था और हंसता था तो मानो किसी ने बढ़िया संतरा छील कर रख दिया हो। रस तो जैसे टपकने टपकने को रहता था होठों से। वैसे भी चंचल चुलबुला सा था। अच्छा लगा राघव...सेन्सुअस"

"तुम्हें? तुम्हें तो कोई पुरुष भाता नहीं।"

"वह भाया। और उसका रेणु पर यों चारों खाने चित्त रहना भी भाया। बकौल रेणु पुरानी मित्रता थी दोनों परिवारों की। राघव के ही यत्न से राठी का तबादला दिल्ली हुआ। बोली वह, 'नहीं तो राठी जी तो उस छोटे से शहर में ही सेवानिवृत्त हो जाते कभी न कभी। हम दिल्ली आ ही नहीं पाते।' कह कर उसने राघव को देखा पूरी तरह गद्गद। राघव बोला, 'हम भी तो दिल्ली रेणु जी की खातिर आये हैं"। "मेरी खातिर क्यों? रेणु कृत्रिम गुस्से से चिहुंकी, इसलिए कि तुम्हारी 'टेलेन्ट' को वहां कौन पहचानता उस पिछड़े प्रदेश में। अब देखना कितना नाम होगा..." और नाम होने लगा देखते-देखते। राघव त्रिपाठी के आयुक्त होने के दबाव में। उसी दीर्घा में जिसमें किसी कलाकार को साल भर से पहले स्थान

नहीं मिलता, रेणु का शो घोषित हो गया। और शो के दौरान प्रेस और टीवी कवरेज का तो बयान ही क्या? जैसे रेणु नहीं हुसैन का कोई शो हो। केटेलॉग तो तुम्हें भी दिखाई थी मैंने जो पेंटिंग पांच हजार में भी महंगी थी वो पच्चीस हजार में बिकी। याद है?

"याद है। और तुम्हारा अवाक् होना। कुछ-कुछ ईर्ष्या भी होने लगी थी शायद तुम्हें। क्यों?"

"ईर्ष्या? नहीं। तुम तो जानती हो लाख दोष हैं मुझमें पर एक यही नहीं। नहीं होती ईर्ष्या किसी से। अपात्र से बिल्कुल कभी नहीं। और पात्र के प्रति तो नतमस्तक ही हो सकता है एक ईमानदार आलोचक। फिर मैं कोई चित्रकार थोड़े हूं जो मुझे उसके साथ 'रेस' दौड़ना था। मैं तो उसी की शुभचिंतक थी। फिर भी कष्ट हुआ मानती हूं। जितने अनुपात से वह सामने आ रही थी उतने ही अनुपात से मेरी जरूरत उसे न रही। कहां तो मेरी इतनी स्तुति करती थी, इतनी कि उसकी इस मुग्धता पर ही लोग उस पर मोहित हो जाते सोचते, 'काश, उन्हें भी ऐसा प्रशंसक कोई मिलता' और कहां अब मेरे साथ जाती भी तो जल्दी से किसी अन्य 'बड़े' की बगल जा खड़ी होती मानो नकार रही हो कि उसकी उन्नति में मेरी कोई भूमिका कभी थी।"

"...।"

"चोट लगती थी बार-बार। उसकी कम होती मित्रता से नहीं उसके दो मुखेपन से। और इस बात से कि उसे पहचानने में मैंने इतनी भूल क्यों कर दी। क्यों मैं इतने दिन उसके अनुरक्त होने के दिखावे पर आसक्त रही। क्यों अपनी पहली क़ला-समीक्षा की पुस्तक मैंने उसको ही 'डेडीकेट" की? तकलीफ उसके मुल्लमा उतरने की कम अपने अंधेपन की अधिक थी।"

"तो छोड़ क्यों नहीं दिया उसे?"

"छोड़ना नहीं पड़ा। समय ने ही छुड़ा दिया। उन्हीं दिनों मुम्बई पोस्टिंग हो गई थी मेरी।"

"हुई नहीं थी, तुमने करवा ली थी। हम सब तो हैरान थे कि कला का 'मेन स्ट्रीम' छोड़ तुम फैशन और फिल्मी पत्रिका का सम्पादक करने क्यों चली गई?"

"जाना अच्छा लगा। दिल्ली से बहुत मोह भंग हुआ। चित्रकारों से और भी। रेणु अकेली नहीं थी। आंख खुली तो देखा सभी हड़प रहे थे कुछ-न-कुछ। कोई विदेश यात्रा, कोई बड़ा पुरस्कार, कोई बड़ी सेल किसी न किसी शार्ट कट से। ऐसा पहले तो नहीं था। अब तो कैमरे का बोलबाला था। कलचर विभाग के छोटे-बड़े अफसरों के आगे चित्रकारों का रास था खुलेआम। घुटने टिकते से दिखे सभी के ग्लैमर के दौर में।

"मुम्बई बेहतर थी क्या?"

"मेरे लिए तो थी ही। नए लोग नया काम। कुछ सीखा कुछ भुलाया। न रेणु ने कभी पत्र लिखा न मैंने। समाचार पत्रों से ही पता चलता रहा कभी कभार उसके शो का, या उसकी विदेश यात्राओं का।"

"और लौटने पर? तुम तो साल भर में ही लौट आई थी।"

"आना पड़ा। पत्रिका बन्द हो गई। जहां स्थानान्तरित होना था वह मुझे पसन्द न था। फिर तुम भी तो याद आती थीं अक्सर..."

"झूठ तो नहीं कह रहीं? हम तो सोचते थे रेणु के मारे हमारी कोई जगह नहीं रही तुम्हारे जीवन में।"

"ऐसा नहीं कहो। मैं क्या रेणु हूं जो दिल में बैठाती निकालती रहूं लोगों को। एक बार कहा भी था उसने कि, 'में जिसको चाहूं अपनी छोटी उंगली से लपेट सकती हूं। मैंने ही इस कथन को गम्भीरता से नहीं लिया। अच्छा एक बात बताओ, रेणु में या उसकी जैसी अन्य घरेलू महिलाओं में ऐसा क्या है जो राघव जैसे या और सभी पुरुष उन्हीं के चक्कर काटते हैं सालों साल।"

"कुछ सवाल पूछूं जवाब देने से पहले?"

"पूछो।"

"तुम या तुम्हारे जैसी अन्य श्रमशील या 'प्रोफेशनल' महिलाएं रसोई

में भी जाती हैं क्या? खाना बनाने, हलवा या पकौड़ी बनाने?"

"कभी-कभार जब छोटू नहीं होता..."

"किसी पुरुष मित्र को रिझाने के लिए बनाती हो?"

"राम...राम। क्यों बनायें। पहले थोड़ी मुसीबतें हैं क्या?"

"कभी मीठी बात करती हो, मुस्कुराती हो उन्हें पटाने?"

"किन्हें?"

"पुरुषों को? और किन्हें?"

"क्या वाहियात बात है। यों ही कम तंग करते हैं क्या, जो मुस्कुरा कर गले पड़वाया जाये..."

"तो सोचों तुम्हारे पास है क्या? न पाक-चातुरी न काम-चातुरी। पुरुष इन दोनों का आदी है। उसके जीवन में मामी, चाची, भाभी जैसी महिलाएं ही तो रोल मॉडल होती हैं। उसी छवि की महिला पुरुष को अंत तक भाती है। तुम्हारे जैसी बौद्धिक या अंग्रेजियत वाली थोड़ी। समझ लो कि तुम्हें तो पैदल ही चलना है जीवन भर और रेणु को दो क्या कई-कई आयुक्त मिलेंगे कंधे पर बैठाने वाले। यही फर्क है एक भैंजी और तुम में। तुम्हारी ऊर्जा जाल से बचने में जाती है और वह जब चाहे जाल बिछा सकती है। तिस पर पीछे से राठी जैसा महत्त्वाकांक्षी पति भी हो तो फिर कहने ही क्या। कितना प्रशंसक है वह पत्नी का। मानो तस्वीरें रेणु की नहीं उसकी खिंच रही हों। सदा तो आगे पीछे ही रहतां है। खैर, तुम बताओ वह आई मिलने कि नहीं?"

"नहीं। वह क्यों आती। उसके जीवन में मेरी उपादेयता ही अब क्या,...पर जानती हो मिलने कौन आया?"

"कौन?"

"मेरी भक्त का भक्त!"

"राघव? डोंट टेल मी! अब उसकी तुम पर नजर थी क्या?"

"हिश्त। ऐसा न कहो। अब तो बेचारा है भी नहीं।"

"नहीं है? मतलब।"

"पिछले वर्ष अचानक हार्ट अटैक हुआ। यह बात तो खैर मुझे अभी अभी बताई रेणु ने। उन दिनों जब मिलने आया तो काफी विक्षिप्त था बहुत ही उद्विग्न। बोला, 'आप अपनी लगती हैं क्योंकि रेणु की शुभ चिंतक हैं। अच्छा है आप दिल्ली लौट आईं। मैंने आपको बहुत 'मिस' किया।"

"रेणु कैसी है?" मैंने ही पूछ लिया।

वह कुछ देर चुप रहा। फिर एकाएक हिचकी बंध गई उसकी। जानती हो मैंने किसी पुरुष को रोते नहीं देखा। शायद पहली दफे देखा कि 'हार्ट ब्रेक' क्या होता है। बड़ी देर उसका विलाप प्रलाप चला रेणु को लेकर कि कैसे उसने रेणु के लिए क्या क्या किया? खुद पर्दे के पीछे रहा, उसे सर माथे चढ़ाया वगैरह...। मैंने कहा, "जानती हूं, वह जो भी है आपके ही श्रम से है।", 'नहीं...नहीं, वह बोला, मेरे आने से पहले आपका भी तो कितना सहारा था उसे? अब तो उसे समय ही नहीं मेरे से ठीक से बोलती नहीं। कहती है बहुत काम है। भूल गई कि जहां से उसे उठाकर मैं राजधानी लाया वहां दिन में दो बार मेरे घर के चक्कर लगाती थी। सारी शामें, देर रात तक साथ रहती थीं। अब कहती है, 'यू वेस्ट माई टाइम' तुम मेरा समय बरबाद करते हो...बड़ी आर्टिस्ट हो गई है। उसके चित्र बिकने लगे हैं। जानती हैं उसके पहले बड़े शो पर 'सोल्ड आउट' तख्ती मैंने लगवाई थी, अपने एक आदमी से जिसका केस मेरे यहां फंसा हुआ था। उसी ने अलग अलग नामों से खरीदीं उसकी सारी पेंटिंग। कुछ नये होटलों में ऊंची कीमत पर बिकवाई मैंने।' 'दुख नहीं कीजिए' मैंने कहा। 'आप तो वही कर रहे थे जो आपको करना था...एक दोस्त को।'

'और वह? और वह...।' राघव फिर रोने लगा था। उसके प्रश्न का कोई उत्तर मेरे पास नहीं था। जाते जाते एक बड़ी अजब बात कही उसने, 'मेरा मन कहता है कि आप कभी ऐसा नहीं करतीं। विश्वास है मुझे पक्का कि यदि प्रेम और कला में ठनती तो आप प्रेम को चुनतीं...'

"...।"

"चुप हो? बताओ क्यों कहा होगा उसने ऐसा। कभी-कभी यह बात अचानक याद आ जाती है। क्या मालूम था वह कुछ दिन भी नहीं जीएगा। इतना खूबसूरत आदमी...

सुनो, पिछले महीने रेणु का फोन आया।"

"तुमने बताया नहीं?"

"क्या बताती? बड़ी आत्मीयता से बातें कर रही थी। जैसे कितनी आतुर हो मिलने को। मैंने राघव और राठी के बारे में पूछ लिया। सुनकर पहले तो चुप-सी हुई। फिर बताया कि राघव नहीं रहे। गये हुए भी कई महीने हो गये। कैसे? पूछने पर बोली, 'बहुत पीने लगे थे। मानते ही नहीं थे। काफी झगड़ा भी होता था हमारा। जब से रिटायर हुए वे उनसे कुर्सी और सत्ता का जाना सहन न हुआ। उनकी वही समस्या थी आखिर जो सभी 'नॉन क्रिएटिव' लोगों की होती है–समय न काट पाने की। वे चाहते थे कि हम हरदम उनके साथ रहें। अब आप बताइये न, ऐसा कहीं हो सकता है। अब तो राठी जी आयुक्त हो गए हैं, उन्हें सौ काम हैं।' सच, मैं उसकी हृदयहीनता पर बहुत ही भयभीत हुई उस दिन। क्या यही वह महिला है जो मुझे इतनी निरीह और भोली लगी थी? उस दिन मुझे लगा कि इसके लिए दुख करना अपना ही अपमान है। औपचारिकता निभाने या कहो बात बदलने के लिए पूछा, तुम्हारी बेटी कैसी है? वह फिर चहकने लगी, 'न्यूजर्सी में है। अभी अभी बेटा हुआ है। आप आइये न घर पर। हमारे साथ खाना खाइये इस रविवार को।' वह मुझसे पहले दिनों वाला लाड़ दिखा रही थी फिर से।"

"कोई काम होगा।"

"हां, मेरा भी माथा ठनका। पर समझ न आया क्या। लेकिन सोमवार को जब दफ्तर जाकर डाक देखीं, तो पता चला मैं कलाकारों को दिए जाने वाले आगामी पुरस्कारों के चयन में निणार्यक रहूंगी। दो अन्य निर्णायक भी होंगे।"

"रेणु ने यह सूचना कहीं से निकाल ली होगी।"

"सूचनाएं क्या कभी गोपनीय रही हैं दिल्ली में?"

"तो?

"तो क्या? कल मीटिंग थी न निर्णायकों की। उसी के कारण तो घर देर से आई।"

"तो दे दिया रेणु को?"

"रेणु को? पुरस्कार?"

"वही तो पूछ रही हूं।"...

"सवाल ही नहीं उठता। पहले ही राउण्ड में उसका नाम कट गया।"

"कट गया या काट दिया तुमने?"

"छोड़ो भी। थक गए। चलो कहीं चाय पीकर आएं। यह दिल्ली का पतन-पुराण तो चलता ही रहेगा ऐसे ही। क्यों? तुम्हें नहीं लगता कि रेणु कुछ और ही होती यदि दिल्ली में न होती...हंस क्यों रही हो?"

तिग्गी

तिग्गी अभी अभी गई है।

उसके रुदन का स्वर अभी भी कमरे में बन्द-सा है जैसे गर्मी की दोपहर में कंगूरे या छज्जे पर कबूतरों का घू-घू करता निरंतर आता स्वर। जी घबराने लगा है।...

या जैसे जी घबराता है जब टीवी पर कोई मार पिटाई का दृश्य हो किसी फिल्म में नायक की युवा बहन, बूढ़ी मां, विधवा, भाभी, या हंसते खेलते भतीजे-भतीजी दिखाई दें। जी घबरा जाता है तब इस कल्पना से कि अब इस लड़की या भाभी का बलात्कार होगा, बूढ़ी मां या बच्चों को मार देंगे या उठा ले जायेंगे।

तब टीवी को तो रिमोट से बन्द कर भी दें पर जी घबराने के और भी क्या कम सामान हैं। मसलन उस कचरे के ढेर का क्या हो जिसे कॉलोनी में से बटोर कर सफाई कर्मचारी रोज कभी यहां कभी वहां उलट जाते हैं। पास से निकलने पर लाख आंख चुराओ गंदी प्लास्टिक की थैलियों से मतली होती है। या सुबह-सुबह कुत्तों को सैर कराने लाये सेवक उन्हें आपके ही गमलों पर मूतने देते हैं या गेट पर गन्दा करा देते हैं बिना झिझके। अब कौन उठाए उस कूकर-मल को? या बच्चे जब दरवाजा नहीं खोलते अपने कमरे का। दरवाजे पर चिपका देते हैं 'डोंट डिस्टर्ब प्लीज'। घबराकर लौट ही तो आते हैं आप अपने कमरे में और फिर उनके कमरे को खुलवाने का कभी उपक्रम करते भी डरते हैं। जी घबरा रहा है और मेरे पास कोई रिमोट नहीं कि तिग्गी के रोने की आवाज

को चुपा दूं बटन दबाकर। या उन स्मृतियों को स्क्रीन से गायब कर दूं जो पिछले बीस बाईस वर्ष की हमारे घर उसकी आर जार से बंधी हैं।

तिग्गी! यह उसका असली नाम नहीं। उसका नाम बिमला है जिसका संक्षिप्तीकरण बीम या बिम्मो में होना अधिक संगत होता। किन्तु मेरे घर में वह तिग्गी बुलाई जाने लगी। कैसे? का भी अपना किस्सा है।

तिग्गी की मां, छिमा हमारे यहां काम करती थी। तिग्गी को मैंने कभी कभी उसके साथ आते जाते देखा था। नौ बरस की गुठठल-सी लड़की। बेहद झेंपू। मां की पीठ पीछे से छुप कर वह हमें देखती रहती, विशेषकर मुझे और मेरी बेटी अप्पू को। मेरे पति और बेटे वसुराज की ओर तो वह कभी देखती तक नहीं थी। मुझे देखने के तिग्गी के तेवर बदलते रहते थे। और वह इस बात पर निर्भर थे कि मैं उसकी मां से क्या कह रही हूं–आदेश, फटकार या प्रशंसा। आदेश सुन तिग्गी जहां बैठी होती वहीं सतर्क सी हो जाती, प्रशंसा सुन उसका सीना गौरय्या सा कुपा जाता, फूलता-सा लगता। किन्तु कठिनाई यह थी कि छिमा को फटकार ही अधिक पड़ती थी भले ही कभी ऊंचे स्वर में नहीं। तब तिग्गी कभी अपनी आंख जमीन पर गाड़ लेती वर्जना में मुझे भयभीत सी तकती विशेषकर तब जब छिमा कभी कभार काम छोड़ तनकर खड़ी हो जाती इस मुद्रा में कि बस अब मेरे से न होगा...। तब पुचकार का सिलसिला चलता मेरी ओर से क्योंकि छिमा की सारी फूहड़ता और अक्खड़पने के बाद मैं उसे छोड़ना नहीं चाहती थी, कारण मुझे पता था कि यह कठियाई और काम में दक्ष-न-सही महिला साफ सुथरी और बेहद ईमानदार है। छिमा प्रतिदिन सुबह सुबह काम पर निकलने वाली उन सैकड़ों महिलाओं में से थी जिनकी पुश्तैनी जमीन या दुकान डी.डी.ए. के जबड़ों में फंस गई थी। और डी.डी.ए. से मिली मुआवजे की राशि को घर के पुरुषों द्वारा शराब में गटक लेने के बाद इन महिलाओं को अब कोई उपाय नहीं था सिवा इसके कि वे अपने ही दादा या चचा श्वसुर इत्यादि की धरती पर फूटते चले आए हमारे जैसे नये मकानों में काम करने निकल पड़ें। छिमा जैसी

इन सभी पारो, लिछमी, अनारो ने न कभी ऐसे घर भीतर से देखे थे। न कभी हमारे जैसे गृहस्थों से इनका कभी लेन-देन रहा था। छिमा की समझ में नहीं आता था कि जो फर्श इतना चमक रहा है उसमें और झाड़ू और पोचे क्यों लगते रहते हैं। पर्दे जल्दी-जल्दी क्यों बदली होते हैं? बच्चे घर का बढ़िया बना भोजन छोड़ बाहर का अण्ड बण्ड क्यों खाते हैं? सबसे अधिक आश्चर्य उसे हमारे यहां के कपड़ों के अम्बार पर होता। कितनी बार भी तह करो अगले दिन वही ढेर फिर होता तहाने को, धोने को।

तिग्गी सब देखती रहती। मैं कभी उसे कुछ खाने को देती तो वह सिर घुटनों में छुपा लेती। लेकिन एक दिन फल की ओर उसे देखते देख मुझे समझ आई कि उसे फल अच्छा लगता है। सो वह जब भी छिमा के साथ छुट्टी के दिन आती तो भेंट में मिला एक मोटा अमरूद या सेब देर तक रस लेकर खाती रहती। बीच-बीच में उसकी आंख मुझे खोजती रहती।

जाने कब मुझे भान हुआ कि तिग्गी प्रतिदिन ही आने लगी है। "क्यों, स्कूल क्यों नहीं जा रही?" मैंने पूछा। छिमा ने बताया कि "अब नहीं जायेगी। दो बार तो फेल हो गई चौथी जमात में। साथ वाले मद्रासी परिवार ने उसे काम को बोला है, अब तिग्गी काम करेगी..." यह क्या काम करेगी भला! के मेरे विस्मय पर तिग्गी ठीक छिमा की तरह तिनग कर खड़ी हो गई और पहली दफे मुझसे बोली, "हूं! घर पर सब काम मने ही तो करना पड़े है। मां से भी अच्छा करूं हूं...सब", उसके इस दस वर्षीय आत्मविश्वास ने मुझे मोह ही लिया।

लगा कि साथ के घर का काम फुर्ती से कर तिग्गी मेरे कॉलेज के लौटने के समय तक हमारे यहां आ बैठती है। आते ही मेरी उतारी साड़ी को भली प्रकार तहा देती है। पैरों की सैण्डल रैक पर रख आती है। घर

में पहनने की चप्पल ला देती है या नीचे से डाक। जब भी मैं खाने बैठती वह पहले से हाथ पोंछने का तौलिया ले आती है। जाने उसे कैसे पता था कि मुझे क्या पसन्द है। मुझे प्रसन्न करने को ही मानो वह हमारे घर आती थी। एक दिन वह बोली, "बीजी तेल मल दूं?" मैं चौंकी "तेल!" "हम्बे," वह बोली, "पैर में दर्द ठीक हो जागा।" इसे कैसे पता कि सारा दिन ऊंची एड़ियों पर खड़े खड़े पैर दुखने लगते? मैं हंसी, "न बाबा, तेल नहीं गंध होगी, कपड़े भी खराब।"

तब वह पास बैठकर अपनी गदेली मुट्ठियों में मेरे पैर दबाने लगती। पहली बार ऐसा होने पर मैंने पैर समेटे पर उसने नहीं छोड़ा। "तो के हो गया। ताम मेरी मां न हो?" यहीं से हुआ उसका नामकरण। मेरे पति, बेटे वसुराज को मेरा 'इक्का' और बेटी अप्पू को 'दुक्की' कहा करते थे। तिग्गी को सदा मेरे पीछे पीछे लगे देख एक दिन हंस कर बोले, "मैं तो पहले ही कहता था कि एक बच्चा और होना चाहिए था। तुम ही नहीं मानीं। अब यह तिग्गी आ गई कि नहीं...। वसु और अप्पू उसे कभी, 'तुम्हारी पान की तिग्गी', कभी 'हुक्म की तिग्गी कहकर मुझे टीज़ करते।

यदि कोई तिग्गी से पूछता, तिग्गी माने क्या? तो बड़े गर्व से तन कर वह कहती "बीजी की बेटी–तीसरी। जैसे अप्पू जीजी, वैसी मैं। भोत परेम है बीजी को।"

प्रेम कितना था कौन जाने, पर होने लगा यह कि जैसे-जैसे वर्ष गुजरे और अप्पू के विवाह की ओर मेरा ध्यान रहने लगा वैसे-वैसे तिग्गी के भी। जो कुछ भी मैं अप्पू का लाती कुछ न कुछ तिग्गी का आता। अप्पू का सामान एक अलमारी में भरता जाता तिग्गी का एक पुराने खाली पड़े सूटकेस में।

देखते-देखते अप्पू बीस और तिग्गी शायद पन्द्रह सोलह की हो गई। और नियति का ही कोई दुष्चक्र कि अब तक का सामान्य और मन्थर गति से दौड़ता समय अपनी रफ्तार बदलने लगा। एकाएक और एक साथ

ही बहुत कुछ अप्रिय घटित हो गया। तिग्गी का पियक्कड़ पिता जिस जगह कुछ दिन से चौकीदारी पर था, वहां रात में छह सात बदमाश घुस आए। उसे मारकूट कर नाले में फेंक दिया और रातों रात ट्रकों में भर कर सामान आ गया। सुबह होने पर दरवाजे पर किसी नए मालिक का नाम था और उसमें कुछ लोग ऐसे चल फिर रहे थे मानो बरसों से वहां रहते हों। तिग्गी का पिता दो दिन बाद सफदरजंग अस्पताल में चल बसा। बातें भी कम नहीं उड़ीं–छिमा ने रो रो कर बताया कि उसके पड़ोस वाले कह रहे हैं कि उसके पति ने मोटी रकम लेकर ही कब्जा दिया होगा–मार पिटाई तो दिखावे की थी...रोते रोते छिमा जैसे किसी को नोच लेना चाहती थी। सबने समझाया कि एक-एक कर बच्चों का तो विवाह करे। छिमा ने अपनी दूसरी लड़की जानकी को भी स्कूल से उठा लिया। जानकी तेरह चौदह बरस की थी और पढ़ाई में अच्छी। 'न, अब न पढ़ाऊं...काम सीखन दे इसे भी। कुछ कमायेगी तो काम आएगा...' काम अब जानकी करती दो तीन घरों में। तिग्गी मेरे यहां और एक अन्य में जब हम दफ्तर और बच्चे स्कूल होते? छिमा दरवाजे पर बैठी बीड़ी पीती रहती। मेरे घर लौटने पर उसकी दिन बीती तो सुननी ही पड़ती प्रतिदिन। और नसीहतें भी देनी पड़तीं। वह लम्बी सांसे खींचती। घर का कामकाज करती तिग्गी के कान अपनी मां और मेरे वार्तालाप पर लगे रहते। जो बात उसे पसन्द न आती उस पर दूर से ही हुंकार भरती..हम्बे! यानी 'हां' या 'रहने दो'।

अपनी जोड़ी हुई पूंजी से छिमा ने एक रात में एक मंडप के नीचे किन्हीं दो बहनों से अपने दो बेटों का विवाह कर दिया। बोली कि लड़कियों का भी ऐसा ही करूंगी। कहीं दो लड़के देखूंगी दोनों के लिए एक ही घर में। 'तुम लोग ऐसा क्यों करते हो?' पूछने पर उसने बताया कि खर्च कम होता है और बहनें एक दूसरे के काम भी तो आती हैं, हारी बीमारी और जापे में...

खेत खलिहान छिन जाने पर छिमा का गांव भी अब सिमट कर, लाल डोरे की पक्की जमीन पर कुछ कच्चे मकानों का छत्ता बन गया था, जिसकी आबादी रोज बढ़ने लगी थी। कमजोर नींव पर बने मकानों पर नए कमरे उठाए जा रहे थे–कभी बढ़ते परिवार के लिए कभी किराएदारों के लिए। विवाह से बची थोड़ी सी पूंजी से छिमा के लड़कों ने भी चौबारा चिनवाया था, जो लगातार टपक रहा था बरसात में। एक दिन उसका बड़ा लड़का छत पर तिरपाल तानने जो चढ़ा तो छत समेत नीचे आया। वहीं दब गया मलबे में। छिमा का संताप देख पाना मेरे बूते के बाहर बात थी। अब वह गांव में ही अपने दरवाजे बैठ बीड़ी या हुक्का पीती रहती। कमर झुक गई उसकी। उसकी बहू ने अपने पति की मृत्यु के महीना बाद ही कुएं में जब छलांग मारकर आत्महत्या कर ली, तब तो लगा छिमा अब नहीं जिएगी।

जस तस सबने उसे बेटियों के प्रति चेताया। उसका रिश्ते का कोई भाई पास के गांव का एक रिश्ता सुझा गया। एक ही घर में पांच बेटे थे। दो ब्याहे, तीन कुंआरे। वे भी एक ही संग दो ब्याह चाह रहे थे। तीसरा कुंआरा लड़का अभी बच्चा था। लड़कों की वय तिग्गी और जानकी के अनुरूप थी, सो न उन्होंने हमारी लड़कियां देखीं न छिमा ने लड़के। देखते-देखते मेरा ही द्वार सूना हो गया। तिग्गी गई, छिमा अब कभी आती, तो केवल उनके कुशल की सूचना देने या कुछ द्रव्य की अपेक्षा में। शायद यह कहना उसके प्रति अन्याय है क्योंकि उसने एक बार भी हाथ न फैलाया इन दोनों विवाहों में। जो दिया गया वह तिग्गी का मेरी बेटी होने के नाते। जानकी और तिग्गी को सामान तो बराबर ही दिया हमने, किंतु जानकी हमारे मन में तिग्गी की तरह नहीं विराजी थी। वह काम-से-काम रखती और बहुत गुस्सैल भी थी, भले ही मित भाषी और निपुण।

और एक दिन जानकी आई मेरे पास रोती कल्पती। रुलाई रुकी तो बताया कि उसका छोटा भाई भी न रहा। गांव के चारों ओर द्रुतगामी

सड़कों पर बेतहाशा दौड़ती बसों ने नौकरी को निकले उसके भाई को कुचल दिया। जनवरी का महीना हाथ को हाथ दिखता नहीं था। वह जल्दी से सड़क पार कर रहा था। बस चालक कुछ उससे भी ज्यादा जल्दी में था...

उसके बाद मैंने छिमा को नहीं देखा। तिग्गी अपनी ससुराल के पास किसी घर से कभी-कभी फोन करती और हाल बताती। विशेषकर अब अपनी छोटी विधवा भाभी, सरोज की निर्लज्जता की कथा। तिग्गी ने बताया कि सरोज ने लगभग सारे कमरे किराए पर उठा दिए हैं। किराया स्वयं वसूलती है। हर समय सास को कोसती है। अपनी बड़ी बहन की आत्महत्या का दोषी भी छिमा को ही ठहराती है। तिग्गी और जानकी का घर पर-आना सरोज को नहीं भाता। दोनों लड़कियां दो दो बच्चों वाली थीं। सरोज के वश का नहीं था कि ननदों के लिए चूल्हा फूंके। और फिर घरवाला ही कौन सी रोकड़ छोड़ गया था जो उसे सब पर लुटाती। छिमा का चांदी के गहनों का बक्सा सरोज ने अपने कब्जे में कर लिया था। यह कहकर कि 'तने तो दिखाई न देता। कोई किराएदार काढ़ कर ले जाएगा। फिर ननदों का भात किस तरह भरा जाएगा... '

पैसे का होना किसी को बड़प्पन दे न दे उसका न होना कितनी नीचता देता है यह मैं देख सीख रही थी। फिर एक दिन जानकी आई कि छिमा भी नहीं रही। रोती कलपती वह यही कहती रही 'बुढ़िया ते जहर दे दिया होगा भाभी ने, इत जल्दी जान वाली न थी वह। बस रात में पेट में हौल उठी सुबह मर गई। लड़कियां जब तक आएं उसे ले भी गए गांव वाले। वह देर तक भाभी को कोसती रही और कहती रही कि देखना यह भी अब जायेगी अपने पीहर...

वही हुआ। अप्पू के विवाह में तिग्गी मिलने आई तो बताया कि सरोज सारी 'टूम' (जेवर) और कपड़े लत्ते लेकर अपने गांव सिंकदरपुर चली गई। भाई के दफ्तर और एक्सीडेंट के सारे पैसों से उसने ब्यूटी पार्लर

खोल लिया है। तिग्गी ने बताया कि जब उसका छोटा भाई मरा सरोज 'पेट' से थी। भाई के मरते ही उसने गर्भ गिरवा दिया। 'कमीनी!' तिग्गी ने थूका। 'म्हारे कुल का तो कोई न बचा, बीजी...तिग्गी ने ही बताया कि घर भी सरोज के कब्जे में है। कहती है इसे भी बेच दूंगी, ताकि ननदों का आना जाना खत्म हो। अब वह किसी को नहीं पहचानती। शायद उसके माता-पिता उसका दूसरा विवाह करेंगे। न चाहते भी तिग्गी रो पड़ती, 'अब तो बीजी बस आप ही हो, म्हारा तो कोई माएका न अब थारे सिवा...'

तिग्गी के दिन रात रोते रहने से तंग आ उसके पति, राकेश ने सूरत की एक मिल में नौकरी ले ली। घर पर भैसों और दूध का काम उसे वैसे भी पसन्द नहीं था। दिल्ली में भी एक जगह स्कूटरों की मरम्मत का काम करता था। और तिग्गी चली गई अपने दो बच्चों के साथ। अप्पू अमरीका चली गई। लगा कि लड़कियों से प्यार करने की बड़ी सजा देते हैं विधाता। या हमें हमारी विवशता का बोध इसी तरह से कराते हैं।

जानकी भी अब नहीं आती थी। तिग्गी के न होने से अपने घर का सब काम काज उसे ही करना होता था। गनीमत थी कि उनका मकान घर का था और खाने पीने को तो पर्याप्त था ही। हम नए-नए सेवक रखते। और एक-एक कर घर से चोरी हो रहे सामान पर दुखी होते। बार-बार तिग्गी की याद आती जिसने मेरे खुले पड़े पर्स को कभी हाथ न लगाया। मेज पर उतार कर रख दी गई मूल्यवान गले की चेन या हाथ की चूड़ी सदा मुझे ही लाकर दी और डांट भी लगाई। 'जित चाहो गेर दो हो गैने। अलमारी में न रख सको हाथ की हाथ। किसी की नीत का के पता...'

और जैसे मेरे लगातार याद करते रहने के प्रत्युत्तर में एक दिन तिग्गी आ खड़ी हुई मेरे आंगन में। गोद में नन्हा बच्चा लिये। 'अरे, तू कब आई? एक और पैदा कर लिया क्या...? मैंने कहा नहीं था कि ऑपरेशन

करवा लेना, अब चौथा पैदा किया तो घर पर नहीं आने दूंगी...' कह कर मैंने नए बच्चे को गोदी में लेकर चुमकारा...मन में कहा, अप्पू के बच्चों से खेलने को मिलता नहीं। इसके ही सही...देखा तो तिग्गी फर्श पर पड़ी पड़ी जोर-जोर से विलाप कर रही थी 'न, अब न हो चौथा...बीजी...हाय, बीजी मैं लुट गई...' स्तब्ध-सा हो मैंने उसे ध्यान से देखा न मांग में सिंदूर, न हाथ में चूड़ी न चोटी में परांदा। मैला-सा सूट, फटी-सी शाल। हे ईश्वर!

बिना कुछ खाए पिए हम दोनों वहीं आंगन में बैठी रहीं। फिर मैंने ही तिग्गी को चाय बनाकर दी, और उसने सुबकते-सुबकते बताया कि राकेश की छाती में अक्सर दर्द उठता था। डॉक्टर को दिखाया भी। उसने 'बाय' है कहकर कुछ गोलियां दे दीं। एक दोपहर, मिल में वह पसीने पसीने होकर बैठ गया। छाती में जोर से दर्द उठा और जब तक बाकी के मजदूर उसे उठाकर बाहर लायें वह नहीं रहा...

"इतनी बड़ी बात हो गई पर किसी ने बताया नहीं?" मेरे विस्मय पर वह बोली, 'कौन बताता, मैं तो नौ महीने पेट से थी। खबर सुनते ही जो गिरी तो ये छोटी पैदा हो गई। मेरे गिरने से भी न मरी कमबख्त। बापू मर गया इसका...' कहकर वह बच्चे को कोसने लगी। "छी!" मैंने डांटा। "बच्चे को कोस रही है पागल! बच्चा तो राकेश ने ही दिया है न। नहीं तो तू जिएगी कैसे?" "पर बीजी मैं इन्हें खिलाऊंगी क्या? जो पीसे उसकी मिल से मिले उनमें तो मैं यहां तक पहुंची हूं। कुल नौ हजार बचे हैं और बड़ी लड़की सात बरस की है...।"

"मेरे पास आ जा।" मैंने कहा।

"और बच्चे?" "बच्चे जानकी या तेरी सास रख लेगी। वहीं से स्कूल जायेंगे। इस छोटी को ले आना अपने साथ।"

"न बीजी। म्हारे गांव में बेवा एक बार बाहर निकल गई, तो फिर कोई भीतर बड़न न दे। अभी तो कुन्बा है। दो-दो छोरी का बियाह करना

है। वे खुद देखेंगे

वह चली तो गई। पर मुझे जैसे किसी बड़ी परीक्षा में फेल कर गई। क्यों पाल ली मैंने इस लड़की की ममता और सीने पर इसके भविष्य का बोझ?

तिग्गी विधवा क्या हुई वह जैसे मेरा जनून हो गई। कॉलेज में जो मिलता उसी की व्यथा-गाथा दोहराने लगती। यहां तक कि लोग ऊब जाते। मित्रों ने समझाया 'अपना ध्यान 'डाइवर्ट' करो उसके विषय में इतना न सोचा करो हर समय...इस देश में तो जाने क्या-क्या होता रहता है इस तबके के साथ...'

इतनी समझदारी मेरे वश की न थी। मैं अपनी ममता के वशीभूत अवश थी। उन्हीं दिनों दिल्ली से बाहर एक सेमीनार में जाना पड़ा, लौटी तो सूचना मिली कि तिग्गी बीमार है। उसी दिन उसकी ससुराल का घर खोजती मैं महिपालपुर जा पहुंची। कुछ सामान उसके बच्चों के लिए रख लिया कुछ उसके सासं-ससुर के लिए। मुझे देख वह तो जैसे आपे से बाहर हो गई। कभी रोने लगी, कभी हंसने? कभी कुर्सी बिछाती कभी खाट पर चदर 'इत बैठो, इत धूप है... 'बीमारी, तो वह बोली 'कुछ नहीं, तेज बुखार हुआ। अब ठीक थी।' वह कहीं बाहर से तभी आई थी। मैंने पूछा, 'क्या करने गई थी। बोली 'कन्डे बीनने। गोबर भी थापना था, सर्दी आन को है न...न्यार भी लाना था भैंस का...' तिग्गी को यही काम उसकी सास ने दिया था। गोबर और खेतों से कन्डे बीनना, पशुओं के लिए घास छीलकर लाना। मेरी अप्पू के साथ रहकर साफ-सुथरी गुड़िया सी सजी धजी रहने वाली यह 24 वर्ष की विधवा बिल्कुल नारियल-सी रूखी हो गई थी। हाथ काले पड़ गए थे। शरीर गोबर से गन्धा रहा था। कमीज की एक बांह फटी थी। केवल बाल तरीके से कंघी किए हुऐ थे। भले वे रूखे थे। पर तिग्गी मेरी बेधक दृष्टि की परवाह से बेपरवाह बच्चों

को पकड़-पकड़ कर मिलवा रही थी। नानी है, पैर छुओ...। वह इतनी निहाल थी मुझे देख कि कार तक लौटकर आंसू रोकना कठिन हो गया। चलते समय बोली, अब तो देख लिया मेरा घर अब आना जल्दी जल्दी...। घर बुरा न था। उसकी सास मुझे बता रही थी कि वह और उसका पति अपने सबसे छोटे बेटे को लेकर गांव में ही अपने बड़े बेटों के पास चले गए हैं और बाहर की बैठक तिग्गी और उसके बालकों को दे दी है। बैठक के बाद घर में बड़ा दालान था जिसमें पहले दो गाएं थीं पर अब कोई लाभ न था दूध बेचने से। सो हटा दीं। एक भैंस है दूसरे घर में जिससे इन बच्चों को पाव भर दूध सुबह-शाम मिल जाता है चाय वास्ते। दालान के बाद जानकी और उसके पति दिनेश का कमरा था दो बच्चों सहित।

अपने घर लौट कर मैंने अगले दिन ड्राइवर के हाथ कुछ पुरानी रजाई, गद्दे और अप्पू के कॉलेज के दिनों के सलवार कमीज का सन्दूक तिग्गी को भिजवा दिया—मानो इस तरह उसकी मुंह बोली मां होने के बाद भी अपनी असहायता के बोझ को कुछ कम किया।...

ज्यादा पैसे मैं उसे दे नहीं सकती थी, क्योंकि फिर ससुराल वाले उसे और लाने को उकसाते। यह मुझे तिग्गी ने ही समझाया था। पास रख नहीं सकती थी, क्योंकि वह जवान थी और बेवा...

पर तिग्गी की इस कहानी के उपसंहार में उन भेजे हुए पुराने कपड़ों के सन्दूक का भेजना ही बड़ी दुर्घटना हो गई। ...

मेरे उसके घर जाने के आज दो महीने बाद तिग्गी मेरे घर आई और अभी घंटा भर पहले रो रो कर गई है। सारांशः तिग्गी की सास ने तिग्गी और बच्चों के लालन-पालन का खर्चा दिनेश के खाते में डाल दिया था। दिनेश बिजली विभाग में दो ढाई हजार का मुलाजिम था कुछ ऊपर से मिलता। जानकी आखिर बहन थी, सो करे अपनी जिठानी-जीजी का दो

हरा रिश्ता। सास के दूसरे घर जाने के बाद तिग्गी सबकी सेवा में रहती–सास के घर कपड़े धोना। अपने घर बर्तन मांजना, दालान लीपना फिर दिन भर खेतों में न्यार और कंडों के लिए भटकना। आखिर तो वह, और उसके बच्चे जो खा रहे थे, उतना चुकाना तो था। तिस पर कभी सास कभी जानकी का 'तीन तीन बच्चे कैसे पलेंगे...कौन करेगा का ताना। सबको वे नौ हजार जो तिग्गी के पास थे गड़ रहे थे। वे रुपये तिग्गी को उन्हें दे देना चाहिए तभी कुछ सोचेंगे।...और मेरी अभिमानी तिग्गी का गुपचुप रो-रोकर अपने को आधी अंधी-सी होते जाने देना-पहले से भी अधिक परिश्रम करना।

मैं जब उसके घर गई तो उसे डांट कर आई थी कि गंदी-संदी फिरेगी तो फिर बीमार होगी। सो जब अगले दिन अप्पू के कपड़े पहुंचे तो उसने नहा-धोकर ठीक से लत्ते पहनने शुरू किए..'बीजी सबके आग लग गई...सबते बत्ती तो दिनेस के।' आते जाते वह तिग्गी को चिकोटी काटने लगा, कभी उसका चुम्मा लेना चाहता कभी गाने सुनाता। 'देवर मस्ती में है' जान तिग्गी चुप रही। फिर कल रात तो हद हो गई। वह रात गए घर आया और चुपके से तिग्गी के बिस्तर में घुस गया। 'मैंने मारा भोत उसके बीजी। कमीना बोला 'जब मुझे तेरा सब कुछ करना है तो फिर ये भी क्यों नहीं करती मेरे साथ?'... न बीजी...मने न करना ऐसा पाप–मैं तो मर गई जिस दिन राकेस मरा...अब यो पापी ऐसे लच्छन सिखावे है. ..न बीजी मुझे न इसकी भिच्छा में पालने अपने बच्चे। मैं तो नौकरी करूंगी। म्हारे पीहर के गांव धोरे एक बड़ा अस्पताल खुला है। मेरा मामा लग रया है वहां। मुझे रखवा देगा, रोज के बावन रुपये मिलेंगे। पीसा लाऊंगी तो सास भी साथ देगी न तो ये राछस मुझे कलंकिनी कर चिता पे धरवा देगा किसी दिन...' रह-रह कर वह दिनेश को कुत्ता कमीना करती रही...

"लेकिन तिग्गी, वह अस्पताल तो छूत की बमारियों का है। तू छः महीने में ही मर जायेगी..."

"न मरू बीजी। ये बच्चे तो पलेंगे। न तो फीस कित्त ते आवेगी... रोज लत्ता चाहिए। बुढ़िया मान गई है कि नौकरी में कोई हर्ज न...बुढ़िया की हामी भरे पीछे तो गांव वाले बोल न सकें कुछ भी...कल से जाऊंगी काम पर–तन्ने बताने आई थी आज...।"

छज्जों में कबूतर क्यों घूं-घूं करते रहते हैं, इस तरह कि जी बार-बार घबराता रहे सारी दोपहर।

किधर

जिस बिल्डिंग में जगदीश का 'अपार्टमेंट' था, वह सीढ़ियां चढ़ रही थी। सीढ़ियों का नीला कारपेट काफी घिसा हुआ था, पर गलियारों में पर्याप्त रोशनी थी। जगदीश उसका पति है। कई सप्ताह से वे मिले नहीं हैं, फिर जगदीश को मालूम भी नहीं कि वह आ रही है। विस्मय कितना सुखद होगा! उसे देखते ही जगदीश गले लगा लेगा...घण्टों दोनों यू ही पड़े रहेंगे! फिर वह उठकर बढ़िया-सा हिन्दुस्तानी खाना बनायेगी। जगदीश कढ़ी-चावल को कितना तरस जाता है। जाने से पहले वह परांठे भी बनाकर रख देगी ताकि अगले दिन खा सके। जगदीश के दरवाजे के सामने पहुंच, एकाएक उससे घंटी बजायी नहीं गयी। बेल बजाते ही दरवाजा खुल जायेगा और जगदीश लपककर कहेगा, "अरे रीवू, तू?...." दरवाजा खुला। वह तनिक संभली। पर दरवाजे पर जगदीश नहीं था, एक युवती थी।

"जी कहिए?" उस अमरीकी युवती ने कहा।

"जगदीश नारायण हैं क्या?"

"वह जरा बाजार गये हैं। आप भीतर आ जाइए।"

चुस्त ब्लाउज और मिनी स्कर्ट में वह युवती देखने से ही किसी ऑफिस की टाइपिस्ट लगती थी। बदन की कसावट और हेयर-डू काफी आकर्षक था। लगता था वह जगदीश के अपार्टमेंट से खासी परिचित भी है। दरवाजा बन्द कर बोली, "बैठिए।" रेवा चुपचाप बैठ गयी।

"आप जगदीश की मित्र हैं?" लड़की ने ही पूछा।

"हां मित्र ही हूं" रेवा ने कुछ रुक-रुक कर कहा।

"बोस्टन में रहती हैं?"

"नहीं। बोस्टन तो मैं एक मेडिकल कांफ्रेंस में आयी थी। सोचा जगदीश से भी मिलती चलूं" एक बार झूठ बोलने के बाद बाकी सारा झूठ कितना सहज हो जाता है।

"डॉक्टर हो? वाकई? यकीन नहीं होता। हमारा ख्याल था भारत बड़ा पिछड़ा मुल्क है। यहां जो भी भारतीय मिलता है, इतना पढ़ा-लिखा..."

"अच्छा, मैं चलती हूं..." रेवा का दिल धुकधुकाये जा रहा था। कहीं जगदीश आ गया तो?

"रुकिए न, वे तो सिर्फ 'पीत्जा' लेने गये हैं, उसके बाद हम पिक्चर देखने जा रहे थे। पर अब नहीं जायेंगे।"

"नहीं, मुझे तो शाम का प्लेन पकड़ना है।"

"उनसे क्या कहूं?"

"कुछ नहीं, मैं फिर कभी फोन पर उनसे बात कर लूंगी।"

लौटते समय उसने फिर सीढ़ियों का ही रास्ता लिया। उसे डर लग रहा था कि लिफ्ट में कहीं जगदीश न मिल जाये। पर जगदीश सड़क पर भी नहीं मिला। टैक्सी में बैठ जाने के बाद ही रेवा ने अपने को सुरक्षित महसूस किया।

अगले दिन बहुत सुबह फोन जगदीश का ही आया। वह क्लीवलैंड में अपने घर पहुंची ही थी।

"रेवा, मैं रात भर तुम्हें फोन करता रहा।"

"तुम्हें मालूम तो है कि यहां तक वापिस आने में समय लगता है.."

"तुम रुकी क्यों नहीं?"

"ऐसे ही!"

"सुनो तुम गलत तो नहीं समझ रही? वह लड़की तो मेरे ऑफिस में काम करती है। मुझसे बहुत कह रही थी कि कोई भारतीय फिल्म

दिखाओ। कल रात हमारी 'इंडियन असोसिएशन' *फूल और पत्थर* दिखा रही थी...मैंने सोचा उसे दिखा दूं..."

"यह सब क्यों कह रहे हो?"

"तुम नाराज हो?"

"नहीं।"

"हो तो।"

"कहा न, नहीं।"

"अच्छा, मैं छुट्टी लेकर आ रहा हूं...तुम नाराज हो...तभी तो उखड़ी-उखड़ी बोल रही हो..."

"नहीं, छुट्टी की कोई जरूरत नहीं है। बच्चे कैंप गए हुए थे। मैं तो यूं ही चली आयी थी। नाराज क्यों होऊंगी?"

"अब मैं यहां की नौकरी छोड़ दूंगा। वहीं क्लीवलैंड में ढूंढ़ लूंगा। यहां तुम्हारे बिना 'बोर' होता हूं, मैं इसी शनिवार को आ रहा हूं..रेवा...रेवा..."

उसने फोन रख दिया।

फोन बजता। वह उठाती नहीं। बच्चे कैंप से लौट आये तो उन्हें लेकर किसी मित्र के यहां या पार्क में चली जाती। मई का खूबसूरत महीना। पार्क में जापानी चेरी वृक्ष और सेब के पेड़ों पर फूल फूट आये थे। हवा में अजीब बेचैनी थी। सर्दियों से सूने हुए वृक्षों पर कोंपल कसमसाने लगे थे। बच्चों के 'स्ट्रोलर' पर गुब्बारे बांधे लोग पार्क में घूमते मिलते। प्रेमी-युगल 'आइसक्रीम-कोन' खाते हुए, या घास में लेटे हुए। वह तालाब के पास चुपचाप बैठी रहती और अपने अन्दर की ऐंठन को महसूस करती रहती, जैसे किसी मरीज की नब्ज सुन रही हो।

...जगदीश कहता है गलत न समझना। गलत? ठीक क्या है? गलत क्या है? जगदीश तो शादी से पहले भी कई वर्ष अमरीका रहा है। जब वह जगदीश से शादी करने पर राजी हुई तब भी तो एक बार यह प्रश्न

उसके मन में उठा था कि जगदीश अवश्य किसी सामान्य वर की तरह वधू की प्रतीक्षा में बैठा स्वप्न नहीं ले रहा होगा। और क्योंकि वह एक अच्छी डॉक्टर थी इसीलिए उसे अपनी 'मैच्योरिटी' पर काफी भरोसा था। सभी गलत ठीक का फैसला उसने जगदीश से विवाह करने की हामी के साथ ही कर डाला था। विवाह विवाह है। इसलिए है। और दोनों सुखी न रहे हों, यह बात नहीं। समय पर बच्चे होते गए। सम्बन्ध 'रूटीन' में आ गए। और घर में साज-सज्जा हर साल के साथ बढ़ती रही। गैरेज में कारों के नये माडल आते-जाते रहे। पर अब? जगदीश दस महीने से बोस्टन में है, क्योंकि क्लीवलैंड का उसका दफ्तर एकाएक बन्द हो गया था। नौकरी मिली तो सिर्फ एक और वह बोस्टन में। जाना ही हुआ।

शुरू में अटपटा लगता। शाम को घर सूना। फिर बेचैनी। कैसा है? अनजाने शहर और लोगों के बीच कैसे अपना समय बिताता होगा? क्या करता रहता है? रात को कभी-कभी फोन करती है तो घर पर क्यों नहीं होता? क्या करे अकेला घर पर बैठा? अकेला? जैसे शादी से पहले था?

अकेला! इस विचार से जब भी कोई दुष्कल्पना वह कर बैठती तो तभी अपने को संयंत कर लेती। नहीं...नहीं...सब एक से नहीं होते। जगदीश अपने परिवार में कितना मस्त है; बोस्टन जाना ही नहीं चाहता था। उसी ने तो जिद कर भेजा था। और जब गया तो हर रोज फोन करता था। वही छेड़ती थी कि बहुत बिल बन जाएगा फोन का। महीने में एक बार अवश्य मिलने आता। इस दूरी ने तो सम्बन्धों को नयी मधुरता दी। बच्चे भी अपने पापा को देख खिल जाते। और जब जगदीश वापिस लौटता तो कितना खिन्न मन होता। वह स्वयं दो दिन तक ढंग से खाना नहीं बनाती। इस बार बच्चे कैंप चले गए तो घर उबाऊ हो गया था। तभी तो वह स्वयं बिना जगदीश को सूचना दिए, हवाई जहाज से बोस्टन जा पहुंची थी।

पर अब? सहा नहीं जाता।

वह कहीं दूर चली जाएगी, जहां आराम से सोच सके। पर कहां ? घर ? वह बड़ी जोर से हिचक कर रो दी...हां...हां...वहीं।

"बच्चो, तुम इंडिया चलोगे। ग्रैंड-मां के पास ?"

"हां, मम्मी, बड़ा अच्छा रहेगा।"

दोनों बच्चे तभी तैयारी में लग गये थे। रेवा ने अपने घर का सामान दो-तीन दिन में लपेट-लपाट कर या गत्ते के बड़े-बड़े डिब्बों में भर और 'स्टोरेज' के लिए भिजवा दिया।

"मम्मी, पापा नहीं जायेंगे ?" शानू ने आखिर पूछ ही लिया था।

"नहीं बेटे, पापा को छुट्टी नहीं मिलती।"

"मैं पापा को फोन करके कह दूं कि हम जा रहे हैं ?"

"नहीं, अभी नहीं, बाद में।"

"कब ?"

"कहा न, बाद में..."

क्लीवलैंड के हवाई अड्डे पर शानू ने फिर पूछा, "मम्मी, पापा को फोन नहीं किया न आपने ?"

"नहीं, पर चिट्ठी लिख दी है। जाओ इसे...लेटरबॉक्स में डाल दो।"

दो पंक्ति : "घर जा रही हूं। 'सबैटिकल-लीव' मिल गयी है। मां का बहुत आग्रह है। बच्चों को देखना चाहती हैं।"

तीन दिन पहले जब पालम हवाई अड्डे पर वह अपने दोनों बच्चों को लेकर उतरी थी, तो रात खत्म हो चुकी थी, पर दिन निकला नहीं था। जब तक कस्टम वालों ने उसे मुक्त किया साढ़े दस बज चुके थे। उन चार-पांच घण्टों में इधर-उधर धकेले जाकर उसके बच्चे अधमरे हो गये थे। उनके घबराये चेहरों को देख स्वयं उसे एक नया अपराध बोध दबोचने लगां था। कहां चली गयी थी उसकी इकहरी लम्बाई। उसके व्यक्तित्व की सहज शान कस्टम वालों के अशिष्ट व्यवहार से एकाएक धुल-पुंछ गयी थी। क्या यह वही रेवा थी जो क्लीवलैंड की सड़कों पर

आनंद मिश्रित कुतूहल उत्पन्न कर दिया करती थी। जिसे रोक-रोक कर उसके परिचित अमरीकी मित्र उसका परिचय करवाते, "दिस इज रेवा, डॉ. रेवा..द न्यूरोसर्जन..."

शानू और बब्बी ने बहुत छोटी आयु में ही यह स्वीकार कर लिया था कि उनकी मम्मी कुछ 'खास' हैं, और इसी कारण वे स्वयं भी सबके स्नेह और आदर की पात्र हैं। पर एयरपोर्ट पर जब कस्टम ऑफिसर ने बच्चों के खिलौने काउन्टर पर गिरा कर फैला दिये और कहा, "आप इतने खिलौने नहीं ले जा सकतीं," सुनकर बब्बी को बहुत गुस्सा आया। खिलौनों की दुर्गति पर ? या मां के साथ हुई असभ्यता पर ?

"मम्मी, टेल हिम टू लीव दैम अलोन (उससे कहो उन्हें न छुए)..." बब्बी बार-बार पीछे से कह रहा था। बहुत झगड़े के बाद रेवा बब्बी की 'मॉडल' कारों का सेट छुड़वा पायी थी। कैसे कोई छः बरस के बच्चे को समझाये कि जो खिलौने या सामान उन्होंने मोल देकर खरीदे थे, उन्हें 'कानफिसकेट' किया जाना जरूरी है... ! दस बरस की शानू तो उसी दिन से गुमसुम होती चली गयी थी। केवल एक बार चुपके से उसने पूछा था।, "मम्मी क्या यही इंडिया है ?"

शानू के आंखों में बहुत गहरे देख कर रेवा चुप रह गयी थी। यही है। पर यदि यह देश अपना है तो फिर उन सबका उतना तिरस्कार क्यों किया जा रहा है ? इस बात का साफ-साफ एहसास क्यों करवाया जा रहा है कि वे भारतीय हैं, विदेशी नहीं, इसलिए उन्हें उपेक्षा झेलनी होगी...

फिर अगला दिन। मां और अम्मां की आंखों में चुभता-सा प्रश्न, "तू अकेली आयी है ? जगदीश नहीं आ सकता था तो तूने प्रतीक्षा क्यों नहीं की... ?" वह सोचती है कोई पूछता क्यों नहीं, तू क्यों आ गयी ? किसलिए आ गयी ? किसके पास आयी है ?" आने-जाने वाले 'अपनों' की नजरें केवल उसके सूटकेस पर क्यों टिकी रहती हैं...

मां के घर में रेवा बड़ी देर से सोफे पर लेटी है। लेटे-लेटे वह छत

का हिलता पंखा देख रही है। उसके सिर में दर्द है। दरवाजे पर सुनहरी रंग का पर्दा पड़ा है। रेवा उसी की 'प्लीट' गिनने लगी है। एक सिरे से गिनती है। बीच में गिनती भूल जाती है। फिर गिनने लगती है। आखिरी प्लीट के पास उसे लगा कि कोई मैली लाल रंग की चीज परदे के ऊपरी सिरे पर रेंग रही है। वह उठकर बैठ गयी। दिल धुकधुका रहा था। वास्तव में ही कोई लाल चीज परदे पर रेंग रही थी। उसके बच्चे कमरे में सो रहे हैं। कोई जहरीली चीज न हो और बच्चों को काट न ले।

उसने हाथ बढ़ा कर टेबल-लैंप का स्विज ऑन कर दिया। पर्दे पर रेंगती चीज में खलबली मच गयी और टप से टूट कर उसमें से एक टुकड़ा फर्श पर आ गिरा। टुकड़ा फिर दौड़ कर पर्दे पर ही चढ़ने लगा। रेवा ने गले तक आयी गूंगी चीख को मुंह में ही दबा लिया। वह लाल चीज उसके सामने से सरककर पर्दे के पेलमेट में जा छुपी। क्या था? काकरोच! एक नहीं, पांच-छह बड़े-बड़े लाल रंग के कॉक्रोच। एक-दूसरे से चिपटे हुए से पर्दे की प्लीट के ऊपर पेलमेट के पास छुपे हुए थे।

कांपते हाथों से उसने टेबल लैंप बुझाया और माथे का पसीना पोंछा। सोफे से उठ कर वह कमरे के बीचों-बीच सोये अपने दोनों बच्चों के पास आ बैठी। बब्बी का बदन अभी भी गर्म था। दो के करीब बुखार होगा। शानू का भी तीन दिन से पेट खराब है। कुछ भी पचा नहीं पाती। कमरे में जल रही जीरो वाट की रोशनी में शानू बहुत दुबलीं लग रही थी।

दीवार की घड़ी में दो बज कर दस मिनट हो गये हैं। रेवा ने बब्बी के बुखार से तपते शरीर को हौले से छुआ। शानू कुछ कुनमुनायी। ग्रैंड-मां' के घर में बब्बी और शानू दो दी दिन में बुझ गये हैं। शानू पेट दर्द से चीखती रहती है। कुछ खा नहीं सकती। बब्बी दीवारों पर सरकती छिपकलियों, फर्श पर घूमते झींगुरों, मकोड़ों और बरसाती कीट-पतंगों से इतना डर गया कि बुखार, चढ़ा लिया है। 'मम्मी, लिजर्ड!' वह नींद में भी चीखता है। वह बच्चों का बिस्तर दीवार से हटा, बड़े कमरे के बीचों-बीच लगवाती है। जब तक बच्चे सो नहीं जाते उनके पास बैठी

रहती है। यही बच्चे पैदा होने के दिन से अपने-अपने कमरे और पालनों में अकेले सोने के आदी रहे हैं।

सोने से पहले सहमी-सहमी शानू कहती है, "मम्मी यहां से चलो न !"

"किधर ?...किधर ?...किधर..."

शानू कुछ नहीं कहती। आरोप का भाव उसके मुंह पर है। वह मुंह फेर लेती है–अपनी मां से...

"मम्मी ग्रैंड-मां इतनी बूढ़ी क्यों हैं ? हम तो उनसे बात भी नहीं कर सकते। उन्हें अंग्रेजी क्यों नहीं आती ?" बब्बी हताश-सा पूछता है। शायद कहना चाहता है, "तुम हमें यहां क्यों लेकर आयी हो ?"

रोज सुबह उठकर दोनों बच्चे "बाथरूम" जाते समय दिक करते हैं।

"गन्दा है।"

"चुप !"

"बहुत गन्दा है। हम नहीं जायेंगे।"

"तो मत जाओ।"

बच्चे रोने लगते हैं, "मम्मी बाथरूम जाना है..."

दीवार की घड़ी में चार बज रहे हैं। दोषी कौन है ? वह या जगदीश ?

अब किधर जाये ? वापिस ?

जगदीश के कारण वहां से वापस आयी। बच्चों के कारण यहां से जाना होगा। पर बच्चों का क्या दोष है ? जहां रखेंगे, रह लेंगे बेचारे धीरे-धीरे, पर वही क्या रहना चाहती है ? मैदान छोड़ देने से लड़ाई क्या समाप्त हो गयी ? पास आने से फासले क्या नहीं हैं ?

फिर ?

एकाएक जगदीश बहुत दूर, अप्रसांगिक हो गया है। रात के अंधेरे में केवल बच्चों के खौफ-खाये चेहरे और बीमार-बदन दिखते हैं। रात कितनी लम्बी होती है।

सुबह उसे अमरीका का टिकट बनवाना है–अपना और बच्चों का।

नियति

भय उसे इस बात का नहीं था कि विलास जुनेजा अन्य स्त्रियों के साथ उठने-बैठने लगा था। भय उसे अपने ही पत्थराते शरीर और जड़ होती संवेदना से था। वह क्यों कुछ भी महसूस नहीं कर पाती? क्यों किसी को अपने प्रति आकर्षित देख बरफ हो जाती है–भाग खड़ी होती है? सबसे अधिक भय तो उसे इस बात से था कि यदि किसी दिन यह जड़ता-शून्यता चली गई, और उसकी प्राणवत्ता लौट आई, तब क्या होगा? तब क्या वह भी विलास जुनेजा की तरह किसी गर्त में नहीं जा गिरेगी?

वे जब मिले थे, जुनेजा चालीस वर्ष का था, वह पैंतीस की। जुनेजा उस ऑफिस में उतना ही पुराना हो चुका था जितनी वहां की मेज कुर्सियां, उतना ही घिसा हुआ भी। वह वहां नई आई थी।

उसके आने से ऑफिस में खासी हलचल मच गई थी। संस्थान की उस शाखा में बहुत कम महिला पदाधिकारी थीं और जो थीं, उनके और पुरुषों के बीच एक उबाऊ पहचान बन चुकी थी, जिसके बासीपन में अब कोई सम्भावनाएं नहीं हो सकती थीं। उसके आते ही पुरुषों के मन लहलहा गए।

"यह कहां से आ गई?" एक ले दूसरे से पूछा। "इस उम्र में भी खासी लगती है।" दूसरे ने पहले को उत्तर दिया। "गाड़ी से आती जाती है", तीसरे ने सूचित किया। "भई मुश्किल से ही हाथ आएगी...।"सभी ने अपने-अपने रोमांस-भाग्य-पत्रे मन ही मन जांचे थे।

"हैलो, मिसेज शिरोमणि," जैसे ही वह बिल्डिंग में प्रवेश करती, उन

चारों में से कोई तपाक से कहता, "चलिए चाय पी आएं।"

"पर अभी तो मैं घर से आई हूं," वह हैरत से कहती।

"तो क्या ? एक बार फाइलों में लग गए तो उठना कठिन है।"

"बात तो ठीक है," वह वर्मा के साथ चाय पीने ऊपर कैंटीन में चली जाती। मेज पर बैठते ही सुनील ग्रोवर और ईश्वर गुप्ता भी साथ बैठ लेते। वह उन लोगों को अपने कॉलेज के विषय में बताती, जहां वह अब तक पढ़ाती आई थी। वे लोग उसे उन लोगों के किस्से सुनाते जो संस्थान छोड़कर जा चुके थे।

और ज्यों-ज्यों वह किस्से सुनती त्यों-त्यों बताने वालों के ही विषय में उनकी मानसिकता से परिचित होती जाती। उसे लगा कि पुरुष वर्ग भी उतना ही 'वल्गर' है जितना महिला वर्ग। अभी तक वह महिलाओं के साथ काम करती रही थी। और अपनी अज्ञानता वश सोचती थी कि महिलाएं संकीर्ण विचारों की होती हैं। पर संस्थान में आने के दो महीने पश्चात् ही वह अपने से पूछने लगी थी कि वह वहां कैसे जी पाएगी? उसे याद आया कि कॉलेज की नौकरी छोड़ते समय उसके हितैषी मित्रों ने कहा भी था कि दफ्तरी जीवन चौकन्ने और मक्कार व्यक्तियों के लिए होता है। वह तो जरूरत से ज्यादा सीधी है–घबरा जाएगी।

वह घबराने लगी थी।

चाय पीकर जब वह वापिस अपने केबिन में जाने लगती तब भी कोई न कोई उसके साथ सीढ़ियां उतरने लगता।

गुप्ता फुसफुसा कर कहता, "किसी से कहिएगा नहीं, मिसेज शिरोमणि, पर यह ग्रोवर काफी ओछे किस्म का व्यक्ति है...।"

ग्रोवर जब साथ हो लेता तो कहता, "आप यहां के तौर-तरीकों से नावाकिफ हैं, नई-नई आई हैं इसलिए बता रहा हूं। आप यहां जल्दी किसी पर भरोसा नहीं कीजिएगा। गुप्ता पर तो कतई नहीं –सारे शहर में मुनादी करवा देगा...।" कभी खन्ना, जो अपने को खासा हीरो समझता था, साथ

हो लेता और लटका छोड़ता, "आपने तो अपने को खूब ही मेनटेन करके रखा है। मैं तो सोच भी नहीं सकता था कि आपके इतने बड़े-बड़े बच्चे हैं...।"

वे चारों ही उसे अपने-अपने सरंक्षण में चाहते। यदि एक ऑफिस की 'पॉलिटिक्स' के दांव-पेच समझाता, तो दूसरा उसे फाइलें देखने के 'शार्टकट' बताने आ जाता। तीसरा बतलाता कि स्कूटर इत्यादि, ऑफिस 'कोटा' से बुक करवा, वह यदा कदा दो तीन हजार रुपये का मुनाफा उठा सकती है...चौथा फिल्मों और नाटकों के पास-निमन्त्रण दे जाता।

उस ऑफिस में केवल जुनेजा ही ऐसा व्यक्ति था, जो कभी उससे बात करने नहीं आया। एक दिन वह गुप्ता से पूछ ही बैठी थी, "सुनिए, यह जो मिस्टर जुनेजा हैं, वह कभी चाय पीने नहीं आते?"

सुनकर वर्मा ठठाया था। खन्ना ने मुंह बिचका दिया था। ग्रोवर कुछ उत्तेजित हो आया था।

"हां" गुप्ता ने चटखी आवाज में कहा, "थोड़ा सनकी है।

हमें नाचीज और अपने को 'सुपीरियर' समझता है।"

"सिर्फ चेयरमैन के साथ चाय पीता है," वर्मा ने थूकने के से अन्दाज में कहा।

"काटता बहुत जोर से है। उससे बच कर रहना चाहिए," ग्रोवर ने समझाया।

"अच्छा!" कह कर उसने डर जाने की मुद्रा बनाई थी। पर जुनेजा के प्रति उसका कौतूहल बढ़ता रहा...

उस दिन दफ्तर पहुंची तो थोड़ा सन्नाटा था। ग्रोवर छुट्टी पर था। गुप्ता और वर्मा कहीं बाहर 'फील्ड ड्यूटी' पर गए थे। वह जम कर काम पर बैठी और एक पूरे प्रोजेक्ट की रिपोर्ट तैयार कर डाली। ग्यारह बजे तक उसे चाय की तलब छूटने लगी थी। पर वह कभी ऊपर अकेले नहीं

गई थी–दरवाजे पर कोई रुका। जुनेजा था। हैरत से वह लगभग उठ खड़ी हुई।

"आइये।"

सामने की कुर्सी पर बैठते समय जुनेजा का चेहरा लाल हो उठा था। जुनेजा का शरमाना उसे खासा गुदगुदा गया–जुनेजा वास्तव में ही शरमा रहा है। या नर्वस है? उसने गौर से देखा था, और अचानक ही वह स्वयं मुखर हो आई।

"जुनेजा जी, मैं तो एक दिन आपके कमरे में आकर आपको अपना परिचय देना चाहती थी–पर लगा आप कहीं 'डिस्टर्ब' न हों...।"

जुनेजा के लाल पड़े चेहरे ने ही नहीं, आवाज ने भी उसे आन्दोलित कर दिया। शायद इसलिए भी कि उस व्यक्ति की नम्रता तथा उसकी आवाज की गहराई से उसका व्यक्तित्व मेल नहीं खाता था। देखने में जुनेजा पतला-दुबला, कुछ बीमार-सा दिखता था।

वे दोनों चाय पीते रहे थे। जुनेजा ने गुप्ता, ग्रोवर या खन्ना किसी के लिए भी कोई बुरी बात उससे नहीं कही। यदि जिक्र आ भी गया तो वह चुप रहा या उसने बात बदल दी थी।

वह काफी पढ़ा लिखा था।

बात-बात में पता लगा कि वे दोनों आगरा के थे। आगरा के कई लोग दोनों के ही परिचित निकल गए। शायद इसलिए उन दोनों की मित्रता एकाएक बढ़कर परिवार तक पहुंच गई। दफ्तर में साथ-साथ चाय पीने के अतिरिक्त सप्ताह में एक आध बार वे एक दूसरे के घर भी जाने लगे।

मिस्टर शिरोमणि को जुनेजा पसन्द आया। वह उन्हें अन्य पुरुषों की तरह उचक्का नहीं लगा। श्रीमती जुनेजा और सगुणा में अनायास ही सौहार्द्र पनप गया।

चाय पीने वह अब ऊपर नहीं जाती थी। जुनेजा ने अपने कमरे में

ही बिजली की केतली लगा रखी थी। अक्सर दस साढ़े दस बजे वह उसे कहलवा देता कि चाय तैयार है। फिर कहलवाने की भी जरूरत नहीं रही...। वह जानती थी कि धीरे-धीरे वह जुनेजा की हथेली में बन्द होती जा रही है...। सुबह ऑफिस अब वह बहुत व्यग्रता से आती। दिन में कई बार वे दोनों एक दूसरे के कमरे में आये बिना नहीं रह पाते। घर पर शाम को भी उसका मन नहीं लगता। बार-बार यही ध्यान बना रहता, "शायद वे लोग आज आ जाएं...।" वे आ ही जाते। नहीं तो वह स्वयं पति के साथ वहां चली जाती।

वह अक्सर सोचती, जुनेजा में ऐसा क्या है? क्या वह भी उसके विषय में इतना ही सोचता है? कहता तो अक्सर है, आप अपने दांत कितने साफ रखती हैं...। चलती कितने हल्के कदमों से हैं। अपका 'पौश्चर' कितना अच्छा है...।

"आप मुझे सगुणा कहिए–'मिसेज शिरोमणि' बहुत अटपटा लगता है..." एक दिन उसने कहा था।

"एक शर्त पर कि आप भी मुझे आप नहीं कहेंगी।"

वह उसे 'सगुणा' बुलाने लगा था।

सगुणा उसे विलास कहने लगी थी।

और बात केवल बातों की नहीं रह गई थी। कुछ ही महीनों में वे जान गए थे कि समझ और एहसास के कुछ बिन्दु ऐसे थे जो दोनों ने भिन्न परिस्थितियों में रहकर भी समान पाए थे। निकट आते ही दोनों ने जाना कि वे दोनों किसी एक सतह पर अब तक कितने अकेले रहे थे। बातों की दुनिया की सरसता जैसे ही उनके जीवन में उमड़ी–किरकिराती चुप्पियों से भरे दाम्पत्य जीवन का भान उतना ही गहरा हुआ।

और वे टूट गए।

टूटते चले गए।

टुकड़ा-टुकड़ा एक दूसरे में समर्पित, एक दूसरे से सिक्त।

ऑफिस में फिर एक हलचल। ईर्ष्या का दंश चाय से भी तेज गर्म। फिर इस गम्भीर स्थिति पर टिप्पणी।

"पता नहीं साले ने क्या कर डाला? अच्छी खासी औरत थी। ऐसी तो नहीं थी।" ग्रोवर ने कहा।

"अब तो बात भी नहीं करती, जब देखो उसी के कमरे में..." गुप्ता ने सिगरेट सुलगाई।

"जलते क्यों हो, गुप्ता जी। जरा तुम्हारी गोगड़ छोटी होती और कद जुनेजा जितना लम्बा, तो शायद वह तुम्हारे ही कमरे में होती..." खन्ना ने गाली सी दी।

अश्लील ठहाके।

"मुझे फिर भी यकीन नहीं होता काफी शरीफ लगती थी...।" "औरत कोई शरीफ नहीं होती...।" गुप्ता ने सिगरेट का धुआं गोल-गोल छोड़ा।

"और जुनेजा के भीतर तो कभी पंख नहीं निकलते देखे। दस साल से तो मैं उसे जानता हूं...।" ग्रोवर भुनभुनाया।

"पंख निकले भी होंगे तो क्या तुझे बताने आएगा? वह हमारी तरह सीधा थोड़े है कि जो खाया कह गया।"

"छोड़ो यार, दोनों का सोशल बॉयकाट करो और मस्त रहो..." सभा समाप्त हुई।

"क्या सोच रही हो?" जुनेजा पूछता।

"कुछ नहीं," वह कहती। "तुम क्या सोच रहे हो?"

"कुछ नहीं।"

और दोनों सोचते।

वह सोचती–जब जो होना होता है कितना आसानी से हो जाता है।

कोई कारण समझ में नहीं आता। कोई अपनी सफाई भी नहीं दी जा सकती। केवल एक यही अपराध-बोध होता है कि कोई अपराध-बोध क्यों नहीं?

वह सोचता–व्यक्ति अपने विषय में कितना कम जानता है। और जितना जान पाता है, वह सब भी कैसे-कैसे संयोगवश! अपने को जो दृढ़ चरित्र वाला, पत्नी परायण, हर तरह सन्तुष्ट समझता था, वही 'वह' कौन-सी क्षुधा से त्रस्त हुआ है कि सगुणा को छूते ही उसके क्षण भर पहले के शान्त शरीर में उत्तेजना के 'जेट' फूट पड़ते हैं? तो क्या अपने शरीर और शरीर की आवश्यकताओं तक से व्यक्ति अनभिज्ञ रह सकता है–रहता है?

आफिस की बिल्डिंग के बाहर पलाश रंग लाल-लाल हो जलता रहा। पत्ते पीले हुए, झड़ गए। नग्न डालियों पर हरी कोंपल फूटी। पर वे दोनों सबसे अनभिज्ञ, एक-दूसरे-मय होते रहे।

"विलास?"

"हां"

"देखो, बरसात आकर फिर चली गई। यह दूसरा साल है। पता ही नहीं चलता कब मौसम बदल गया। ऑफिस, तुम, घर, और क्या चाहिए?"

"सोनू, कभी-कभी डर जाता हूं।"

"क्यों?"

"अब रहना मुश्किल होगा...तुम्हारे बिना...।"

"रहोगे क्यों...? पर एक बात पूछूं?"

"हां"

"पहले तो तुम इतना करार नहीं खोते थे?"

"पहले तो कुछ भी नहीं खोता था।"

"अब क्या हो गया?"

"जाने क्या? जितना टूटता हूं उतना और टूटना चाहता हूं। इतनी इन्टेंसिटी से जीने के बाद कहीं मन नहीं लगता। सभी चीजों का जैसे स्वाद चला गया, पढ़ना, लिखना, फिल्म, दोस्त...।"

"इतनी इन्टेन्सिटी भयंकर हो सकती है!"

"तो बताओ क्या करें...?"

"अच्छा सुनो, लोग बहुत जलते हैं।"

"बात ही जलने की है।"

"पर किसी की नजर लग गई तो...?"

"कभी कभी मैं भी ऐसा सोचा करता हूं, और डर जाता हूं।"

"पता नहीं इतना डर कहां से चला आया, विलास? मैंने तो अपने को सदा निडर ही जाना था।"

"क्या वास्तव में स्वयं को जाना था, सोनू?"

"शायद नहीं। डरती हूं कि हमें कोई जुदा कर देगा। ये अकारण के डर झूठे नहीं होते, विलास। हो सकता है इसीलिए, तुम्हारे लिए इतना गहरा उमड़ती हूं...।"

"जुदा होने की बात मत करो, सगुणा। अब मैं नहीं रह सकूंगा।"

विलास नहीं ही रह सका। खबर आई है कि निचली मंजिल के 'टैक्स्ट बुक' विभाग में काम करने वाली मिस शीला टॉमस के यहां विलास का उठना बैठना हो गया। सगुणा से मिस टॉमस की मामूली जान-पहचान थी। मिस टॉमस केवल पुरुष मित्रों से मित्रता की इच्छुक प्रसिद्ध थी। और मित्र भी बदलते रहने की आदी थी...।

इस नए शहर में, जहां मिस्टर शिरोमणि के अकस्मात तबादले के पश्चात् सगुणा आ गई है–अपने नए घर की बाल्कनी से, बैठी घण्टों सड़क देखती वह सोचती है, विलास तो ऐसा नहीं था। पर सन्ताप उसे इस बात का नहीं है कि विलास मिस शीला के साथ उठने बैठने लगा

है–मिस शीला की जगह अन्य बहुत-सी स्त्रियां ले लेंगी यह भी वह जानती है–सन्ताप उसे अपने ही पत्थर हो गए शरीर से है। पति के नए मित्रों में से एक डॉ. सिन्हा, जब उसको चीरती-सी निगाह से देखता है, तो वह इतना डर क्यों जाती है? तो क्या किसी का शरीर सदा के लिए जड़ हो सकता है? क्या विलास की दी यातना का कभी निवारण नहीं होगा? पर यदि किसी दिन निवारण हो गया, और शरीर-विनिमय की उसकी शक्ति लौट आई, तो उसकी नियति क्या विलास की नियति से तनिक भी भिन्न होगी?

आरम्भिक कहानियां

कहानी की खोज में

ऑफिस से यह आये थे, तो मैं खिड़की में कोहनियां टेके हथेली में ठुड्डी गड़ाए सड़क निहारती बैठी थी। बोले "खाना-वाना कुछ नहीं दोगी।"

"आज बाहर खा लेते हैं।"

"क्यों?"

"यूं ही। बनाने की इच्छा नहीं कर रही।"

"अजीब परेशानी है इच्छा नहीं कर रही, मूड नहीं। ऑफिस से थके थकाए आओ फिर रेस्तरां में खाने जाओ...।"

"तुम तो झल्लाते ही रहते हो, सुमाल। महीनों में तो कहती हूं कहीं बाहर खिला लाओ। देखो बिहारी दादा का पत्र आया है। 'मनीषा' का विशेषांक निकल रहा है, फौरन कहानी भेज देने को लिखा है। कोई प्लाट अभी है नहीं दिमाग में। घर में पड़े-पड़े दिमाग कुन्द हो गया। जरा हवा लगेगी कोई थीम भी मिल जाए शायद..."

"अच्छा बाबा चल। भूख लगी है मुझे तो जोर से। कैसी लेखिका है कि प्लाट ढूंढ़ने कनाट प्लेस जाएगी।"

यह बाल ही संवारते थे मैं तैयार हो गई। तैयार होते मुझे मिनिट भी नहीं लगता यह बात ये भी मानते हैं। स्कूटर कर रीगल पर उतरे तो पूछा "कहां चलना हैं?" कुछ सोचकर इधर-उधर देख मैंने कहा "चलो लगूना चलें।"

"लड़की! क्या हो गया है तुझे? न क्वालिटी न स्टैन्डर्ड सीधे लगूना।

पूरे तीस रुपये लग जाएंगे।"

उनके मुंह से लड़की सम्बोधन ही मुझे मिला करता है। पता नहीं अटपटा होते हुए भी बड़ा प्यारा लगता है। कृत्रिम क्रोध से बोली, "सुमाल, तुम मूड खराब नहीं करो हमारा। कहा न कि इस बार कहानी से जो पारिश्रमिक आयेगा तुम्हें दे देंगे। डिनर और कन्वेंस सबका काट लेना।"

लगूना के प्रवेश द्वार पर दोनों हाथ फैलाकर यह बोले, "ईश्वर न करे किसी की बीवी राइटर हो जाए। छठे छमासे सौ डेढ़ सौ क्या कमा लेगी कि पति के हजार रुपए प्रति मास पर भी धिक्कार भेजने लगेगी। कीजिये क्या करियेगा?"

इन्हें वक्त बेवक्त ऐक्टिंग सूझती है। खैर, पहुंचे तो। उस समय कॉफी पीने वाले जा चुके थे और रात का खाना खाने वाले अभी आए नहीं थे। लगूना खाली प्रायः था। अच्छे से धस-धसाकर, बैठी। ऐसे कि आस पास सबको देख सकूं। वैसे लगूना मुझे विशेष प्रिय नहीं। अंग्रेजी में जिसे 'स्टफी' कहते हैं कुछ वैसा वह मुझे लगता है। आवश्यकता से अधिक अंधेरा जो उदासी का, घुटन का प्रतीक है।

हम डिनर सात साढ़े सात तक खा लेने के आदी हैं। सुमाल का कहना है ऑफिस से आते ही खाना खा लेने से ठीक रहता है। बीच में चाय पीकर तो पेट का बोझ और पत्नी का काम बढ़ाना है। इसी से आते ही खा लेते हैं। फिर यह पढ़ते पढ़ाते हैं। मैं लिखती उखती रहती हूं या परिचितों के यहां घूम-घाम आते हैं।

हम खाकर कॉफी की इन्तजार में बैठे थे। जब तक अधिकांश मेजें भर चुकी थीं। सुमाल ऑफिस का कोई नोटिस जेब से निकाल पढ़ रहे थे। मैं सामने से जाती नई दुल्हन को देख रहीं थी। कोहनी को छूता-सा चूड़ा, झकाझक साड़ी में नर्गिसी चेहरा! वह बैठी और उसका पति...यह तो विजय हैं। हां विजय ही तो है। विजय...वह भी बैठ गया मेरी तरफ

पीठ कर मुझे बिना देखे। नोटिस कुछ जरूरी रहा होगा सुमाल उसी में उलझे थे। बैरा कॉफी रख गया। उसकी गर्म, मेरी ठंडी आईसक्रीम युक्त।

"पिओ।"

"क्या देख रही हो?"

"नई दुल्हन है," शब्द स्वयं फिसल गये।

"अच्छा! है तो सुन्दर।"

एकाएक मेरी कॉफी कसैली क्यों हो गई। उंहू...हां वह सुन्दर तो है. ..और विजय भी खूब प्रसन्न दिखता है...चेहरा नहीं देख सकती...तो शुक्र है। कमर से ही लगता है ढाई वर्ष में बदन भर गया है स्वस्थ है...और झुक कर हंसता-सा बात करने में तल्लीन है। मेज पर पत्नी के हाथ पर विजय का हाथ है...हां विजय का ही तो...स्पष्ट तो दीख रहा है...

अतीत के कोहरे में खोई याद एक...उभरती चली आई...हिन्दी पार्क की बेंच पर दिसम्बर की ठिठुरती शाम...अन्धकार की ओट दोनों हाथों में बन्दी कर...विजय का चेहरा झुका है...ताजे आंसुओं से भीग रहा चेहरा दर्द से कम्पित से होठ...सहमी सी आवाज...शुभा बता मैं कैसे जिऊंगा.. तेरे बिना शुभा...तू मुस्लिम होती मैं आज ही मुसलमान हो जाता पर पंजाबी से जैन कैसे बना जाए शुभा...कैसे तेरे बाबूजी...

"रहने दो विजय अब क्यों दोहराते हो"...विजय के आंसू हाथों पर गिर रहे हैं। शुभा के आंसू उसके कोट पर। "मैं तो मर जाऊंगा शुभा, बात कैसे करूं...तेरी शादी हो रही है...में कभी शादी नहीं करूंगा। कभी नहीं...तू कभी कहना भी नहीं...तू...भि..."

वह उसे चुप करवा रही थी बार-बार "विजय रोते नहीं...विजय रोते नहीं...' नहीं यह विजय तो रो नहीं रहा। सामने बैठी है क्या नाम है उसका? हंसती है! वह भी हंस रहा है शायद...गले में गांठ क्यों पड़ गई है, कसैली क्यों हो गई कॉफी, सटकी नहीं जाती।

छीः छीः, ईर्ष्या और विजय से! पता नहीं ढाई साल कहां-कहां भटका

होगा। अच्छा है पत्नी सुन्दर है...भली लग रही है। विजय खुश है...क्या चाहिए...पर यह ऐंठ क्या रहा है...भीतर-ही-भीतर...मैंने कॉफी सब पी डाली। पैसा लगा था आखिर। बोली "चलो।"

"बस! अभी से।"

"अभी बस कहते हो! देखते तो हो दस बज गए..."

"बिगड़ती क्यों है, लड़की। मैं तो तेरी वजह से ही बैठा था कि प्लाट मिल जाए..."

"मिल गया न। तभी तो...चलो।" अचानक आवश्यकता से अधिक हंसती हूं। विजय देखे तो देखे।

जान का जंजाल

मिनेश को लड़कियां अच्छी नहीं लगतीं। बहुत बुरी लगती हैं। उसका दावा है वह शादी नहीं करेगा। शादी का नाम भी कोई उसके सामने नहीं ले, उसके तन-बदन में आग लग जाती है। चावला से तो उसने इसीलिए दोस्ती छोड़ दी, क्योंकि चावला अपनी बहन के रिश्ते की बात मिनेश से चला बैठा था।

तुलसा और शकुन उस बात को जानते हैं, इसी से वह कभी भूलकर भी शादी की बात मिनेश से नहीं करते। मिनेश का भी उनके यहां खूब जाना-आना है। परसों मिनेश की मां आयी थी। बेचारी रोती थी। बोली, "बहू इस नालायक का ब्याह करवा दे। तो तू मेरे लिए साक्षात भगवती ही है। हमारी तो सुनता नहीं। हमारा क्या हम तो पके पौन बैठे हैं, आज लुढ़के कि कल...। यही पछताएगा। अभी कच्ची उम्र है न। इसी से समझता नहीं...।"

शकन मिनेश का रिश्ते का भाई है। तुलसा भाभी से मिनेश की खूब पटती है। दुनिया भर की बातें वह तुलसा से किया करता है। पर अधिकतर घूम-फिर कर लड़कियों की निन्दा पर ही आ जाता है। "देखती हो भाभी वह सामने जो जा रही है, कैसा बल खाती है? और बाल तो देखो ज्यों पेठा साबुत का साबुत सिर पर धर लिया हो। बताओ भला, यह क्या घर बसाएगी? रोटी खिला सकेगी किसी को दो जून...।

...आज बड़ा मजा आया भाभी, कश्मीरी गेट से एक बाल कटी बस में चढ़ी, आंखें ऐसी कि सिंघाड़े हों, बड़े-बड़े! हाथों में ढेर-सी मोटी-मोटी

किताबें! सिर्फ दूसरों पर रोब डालने को। जैसे किसी को मालूम ही नहीं कि दिन भर तो कॉफी-हाउस की धूलें फांकती है–कनाट प्लेस तक लटकती गयी। बैठने को सीट नहीं मिली। मैं भी जमकर बैठा था कि मैडम यहां दाल गलने की नहीं। मा-बदौलत सीट आफर करने से रहे...।"

तुलसा सब सुनती। सुनकर मन-ही-मन मुस्कराती। कभी-कभी रोकते भी हंसी होठों पर आ जाती। वह सब समझती है, पर मिनेश कहे ही जाता। "कहते हैं शादी कर लें। शादी! हूं, बला पाल लें। यह क्यों नहीं कहते? सात सौ रुपये में तो इन लोगों क्रा लिपस्टिक पाउडर ही नहीं होगा...न बाबा, लड़कियां तो जान का जंजाल होती हैं भाभी। न! बाज आये–हम तो ऐसे ही भले...।" तुलसा और जोर से हंसती, ऊपर से गम्भीर बन। सिर हिलाकर कहती "ठीक तो है लाला। क्यों झमेले में पड़ते हो? रेस्तरां में खा लिया। कभी पिक्चर देख ली। कभी नावेल पढ़ लिया। घर जाकर सो रहे इससे अधिक चाहिए ही क्या...? शादी-वादी तुम्हारे बस का रोग नहीं।"

सुनते-सुनते मिनेश पता नहीं निरुत्साह-सा हो जाता। उसका लम्बा चेहरा और लटक जाता। तुलसा का जी चाहता ताली बजा-बजाकर हंस दे। पर वह चाय-पानी में लगी रहती। चाय पीता मिनेश बेचैनी से कभी इधर कभी उधर होता। पर नजरें गेट पर ही रहतीं–तुलसा यह भी देखती, और जब कभी लवंग आ ही जाती तो मिनेश की ओर पीठ फेर तुलसा दाहिनी आंख तनिक-सी दबा देती। लवंग हंसी से दोहरी हो रहती। लवंग तुलसा की छोटी बहन है, पास में ही रहती है। देखने में लगता है कि ठोस नहीं। किसी तरल पदार्थ की बनी है। चलती है मानो पानी में लहर आ गयी हो। चाय के समय बहुधा आया जाया करती है। पर मिनेश से दो कदम दूर रहती है। एम.ए. के फाइनल में है। तुलसा और लवंग में आजकल सांठगांठ चल रही है...।

मिनेश है बुढ़ापे की सन्तान। बहन-भाई और कोई नहीं। पापा हैं रिटायर्ड एस. डी. ओ.। बचपन उसका बहुत ही एकांगी बीता। केवल अमृतसर में बगल के बंगले में उसी के उम्र के दो लड़के थे और एक उनकी बहन अमृता। मिनेश बहुधा अमृता के आस-पास मंडराया करता और उसे देखते ही दोनों भाई एक स्वर में गा उठते,

मुंडे खेलन कुड़ियां नाल
नक्क वड़ावन छुरियां नाल
(लड़कियों से खेलने वाले लड़कों की नाक चाकू से काटी जाती है)

पहले तो मिनेश को इतनी पंजाबी समझ में नहीं आती थी। जब मतलब समझ गया तो कट कर रह गया। बिस्तर में पड़ कर खूब रोया। मनमाने अपशब्द दोनों भाइयों को कहे और उधर जाना ही बन्द कर दिया।

मिनेश कॉलेज गया। दिल्ली के हिन्दू कॉलेज में। यूनिवर्सिटी खुली कि मूसलाधार बारिश हुई। मिनेश संभलता-सा काके के कैफे की ओर जा रहा था कि धम...अपने नये लेदर-सोल जूते में फिसलता वह लड़कियों के कामन रूम के सामने लम्बाकार हो गया। फिर ठहाके तालियां। और फिर...जोर की...खिलखिलाहट।

लेकिन इस सबसे-मिनेश छुई-मुई नहीं हुआ। सो नहीं हुआ। वह खूब अकड़ कर सीना तानकर चलता। सामना होने पर किसी की ओर ताकता भी नहीं। वाद-विवाद प्रतियोगिता में, लड़की प्रतिद्वन्द्वियों को, ऐसी करारी सुनाता कि हाल गूंज-गूंज जाता। मिनेश एम.ए. फर्स्ट क्लास। मिनेश आई.ए.एस. और मिनेश कहता है वह शादी नहीं करेगा। तुलसा पूछ ही बैठी, "क्यों नहीं करोगे लाला?"

"मुझे लड़कियां अच्छी नहीं लगतीं।"

"जिस दिन अच्छी लगने लगेंगी उस दिन कर लोगे?"

"हां उस दिन कर लूंगा।" मेज पर मुक्का मारते मिनेश ने कहा।

शाम मिनेश आया तो तुलसा व्यस्त थी। देखते ही बोली–"अच्छे आए, भैया तुम्हारा ही इंतजार था।"

"क्यों क्या बात हुई?"

"तुम्हारे भैया तो गए हैं टूर पर और मुझे जाना है शादी में। 'रामाकिशनापुरम' अब बताओ कोई 'सेन्स' है? करोल बाग से इतनी दूर जाने में। वह भी अकेले। ब्याह में गहने नहीं पहनो तो सबसे बुरे बनो। तुम ले चलो तो चलूं?"

"चलो मैं तो खाली हूं। पर यह क्या मत मारी गयी है आजकल के लड़कों की। जिधर देखो शादी-शादी...।"

तुलसा साड़ी बदलकर आयी तो मिनेश भौंचक्का रह गया। वह जब भी आता था, तुलसा खाना बना रही होती थी। उसका संवरा रूप कम ही दिखने में आता।

शादी में मिनेश बोर हो गया। लड़कियां-ही-लड़कियां और हंसी कि जैसे फव्वारे छूट रहे हों। कोई-कोई फुहार मिनेश को भी छू जाती, पर भिगोती नहीं। बस छू भर लेती। चले तो बारह बजने को थे। स्कूटर पर फर्र-फर्र हवा में तुलसा को ठण्ड लग रही थी। वह सीट में धंस-धंसाकर बैठ गयी। ऐसे बैठने से मिनेश के कारण उसे इतनी सर्दी नहीं लग रही थी। तुलसा थकी थी, आंखें मूंद लीं। वह इतनी निकट थी कि उसमें से उठती सेंट की भीनी गन्ध मिनेश को भरे दे रही थी। पता नहीं उस सेंट में क्या था कि तुलसा से सटी मिनेश की बांह चुनमुनाने लगी। स्कूटर ऊबर-खाबड़ सड़क पर ऐसे उछल रहा था कि...मिनेश विचलित हो गया। बांह से हट अब उसका शरीर तक झन-झन करने लगा–"यह तुलसा भाभी भी कैसी है भला? ढंग से बैठती नहीं। ऐसी भी क्या बेखबरी..." पर तुलसा अब बेखबर नहीं थी। रह नहीं पायी थी। कम्पित स्पर्श सोई नारी को जगा देता है। तुलसा की तो मात्र थकावट से, आंखें बन्द थीं। लेकिन अब सिमटे कैसे? हटकर कैसे बैठे? मिनेश क्या समझेगा? 'सेन्सिटिव' लड़का है, अन्यथा समझ बुरा मान जाएगा। तुलसा वैसी ही

बनी रही...

घर आया तो तुलसा ऐसे उठी मानो नींद में थी। बोली–“बड़ी सर्दी थी। कॉफी पीकर जाना।”

“नहीं अब जाऊंगा,” मिनेश झुंझलाया था। “अरे आओ भी।” तुलसा बाजू पकड़ ले चली। तुलसा के इस सहज स्पर्श के सन्मुख मिनेश भी स्वस्थ हो आया।

कॉफी पीकर कुछ देर पहले की अपनी असुविधा को उन्मुक्त हंसी से डुबोता वह बोला–“भाभी। तुम हो अच्छी।”

“क्यों?”

“यू आर वंडरफुल भाभी। आई मीन ईट।”

“मैं यानी तुलसा।”

“हां।”

“तुलसा यानी एक लड़की। बहुत अच्छी है–एण्ड यू मीन इट।”

“अरे मेरा यह मतलब थोड़ा था तुम-तुम तो भाभी हो...”

“बस-बस बनो नहीं लाला–भाभी भी तो लड़की थी पहले...”

“ना...” उसके मुंह को बन्द करती तुलसा पूरे अधिकार से बोली..

“अच्छे लड़के अपने वायदे पर कायम रहते हैं। परसों तुम्हारी सगाई है समझे? नहीं समझे? इतवार की शाम को श्री मिनेश कुमार चौपाए कर दिये जायेंगे...”

“मजाक छोड़ो भाभी...”

“मजाक नहीं, और सुनो”–उसके कान के पास मुंह ले जाती तुलसा बोली–“लवंग को नीला रंग बहुत पसन्द...”

अपना तमतमाया कान छुड़ाता मिनेश भाग खड़ा हुआ। तुलसा कहती रह गयी “पांच बजे शाम परसों भूलना नहीं मिनेश...’

लक्ष्मण रेखा

रात वह बहुत देर तक एम. ए. के टर्म पेपर जांच कर सोई थी। कॉलबेल जब बजी कुछ देर वह लेटी रही चुपचाप। इतनी रात गए बेल बजने से बुरे-बुरे ख्याल ही आए। अकेले घर में डर भी लगा। फिर जब कैलाश ने ही आवाज दी, "जीजी" तो वह उठी।

"अरे तू! कहां से आ रहा है?"

"एक पार्टी में गए थे। वहीं देर हो गई।"

तब तक उसने देख लिया कि कैलाश के साथ कोई लड़की है और अपने अस्त-व्यस्त कपड़ों का एहसास कुछ अधिक महसूस कर उसने उन दोनों को भीतर आने को कह दिया। ठीक से कपड़े पहन जब वह बैठक में आई तो घड़ी पर निगाह आप ही आप चली गई थी। दो बज रहे थे और वे दोनों सोफे पर पास-पास बैठे थे। कुछ कहने को कहा उसने, "कुछ लोगे?"

"हां, जरा पानी देना।"

कैलाश उसके पीछे-पीछे रसोई में आ गया। शायद इसीलिए पानी मांगा था।

"हम आज यहीं सो जाएं? इसके होस्टल में बारह बजे के बाद अन्दर नहीं आने देते। अब सुबह छः बजे ही जा सकेगी।"

"कौन-सा होस्टल है?"

"मेडिकल कालेज वाला।"

"तेरे जीजा जी बुरा मानते हैं, कैलाश।"

"सो तो मुझे पता था कि वे यहां नहीं हैं, अरुणा है न, उसी ने बताया था कि गए हुए हैं...।

"तो 'प्रीप्लैंड' था तेरा यहां आना?"

"नहीं, ऐसी तो कोई बात नहीं' और वह खिसियाना-सा कुछ हंसा।

"ठीक है, यह अरुणा के बेड में सो जाएगी।" उसने अपनी बेटी के कमरे की ओर इशारा किया। "तू बैठक में सो जा। हां, अरुणा ठीक तो है न? बहुत कह रही थी छुट्टियों में नानी जी से हिन्दुस्तानी खाना बनाना सीख कर आऊंगी...।'

"एकदम मजे में है। कल ही बड़े भैया भाभी उसे "बॉबी" दिखाकर लाए हैं। कह रही थी मम्मी डैडी तो खास सिनेमा जाते नहीं।"

"समय ही नहीं मिलता। अच्छा, ऊपर बरसाती में से अपने लिए बिस्तर के कपड़े ले आ या मैं लाऊं?"

"नहीं, तुम सो जाओ जाकर। मैं कपड़े ले आऊंगा और हम यहीं सो जाएंगे।" पानी के गिलास ले जाते वह कह गया।

उसके कहने के बाद कुछ कहना रहा नहीं। वह बिना अधिक रुके अपने बेडरूम में थी और जाने क्यों दरवाजा भीतर से लॉक कर लिया था।

बन्द कमरे में सारे घर का अन्धकार जब सिमट गया, तब भी उसे नींद नहीं आई। वह माथे पर हाथ दाबे स्तब्ध पड़ी रही। अकेले पलंग पर पड़े उसे अपनी सांस भी शोर करती मालूम हो रही थी। उसे डर लग रहा था कहीं बैठक में सोए उन दोनों की कोई भी मुद्रा उसकी कल्पना में न आ जाए। इसी से जानबूझ कर वह इधर-उधर की सोचने में प्रयत्नशील होती गई। पता नहीं तकलीफ का कितना समय ऐसे ही बीत गया और करवट बदल-बदल कर निढाल हुए उसके शरीर ने जब हार मान ली तब बन्द आंखों में धीरे-धीरे छोटे देवर विशु का चेहरा उभरा आप-ही-आप। विशु के हंसते हुए सांवले होठों में तीखे दांतों की कतार।

गोल-मटोल भरे-भरे शरीर वाला विशु। स्कूटर पर उसे बस स्टाप तक छोड़ता। देखता ठीक से बस पर चढ़ गई है। फिर स्कूटर को किक लगाता विशु। और पन्द्रह बरस पहले का छोटा सा विशु, जब वह दुल्हन बनकर घर में आई ही थी। सड़क की ओर खुलने वाली खिड़की के सींखचों को पकड़े दूर-दूर से उसे देखता और उसके देखते ही गली में कूद कर भाग जाता। स्कूल से लौट मां से पैसे मांगता विशु, और उसके पैसे न देने पर सकुचा कर चला जाता विशु। और मां जी के कहे सुने से बुझे मन से बाजार जाती वह और उसके साथ चलता विशु। "क्यों विशु, इस घर में मुझे कोई प्यार क्यों नहीं करता।" खामोश विशु। जरा उससे सट कर चलता-सा। फिर उतने बरस विदेश रह कर उसके लौटने पर भरे भरे शरीर का यह हंसता सा विशु, जिसे अपनी भाभी को देखे बिना चैन नहीं। बिना सर्दी और बारिश की परवाह किए स्कूटर पर आता रहता है विशु उसके इस नये फ्लैट में। बन्द अंधेरे कमरे में आंखें बन्द कर फिर वह साफ-साफ विशु के बदलते चेहरे देखते रहना चाहती थी। उभरते रहे कभी होंठ, कभी नाक, कभी माथा, कभी हाथों की उंगली और वह दोपहर जब उसने कहा था, "विशु तेरे लिए एक लड़की बहुत पसन्द आई है मुझे, पर उसके मां बाप घर देखने के बाद कुछ चुप लगा गए हैं। तू लड़की देख ले तुझे पसन्द आई तो मैं खुद पूछ लूंगी उनसे कि वे क्या चाहते हैं...।"

"छोड़ो भी न...बेकार की बात है।" विशु के लिए जो भी रिश्ता देखा जाता वह लड़का पसन्द कर लेते पर घर को नापसन्द कर देते थे। विशु इसी से उकता गया था विवाह के नाम से।

"क्यों? ब्याह नहीं करेगा क्या? मानती हूं अम्मा के बीमार होने से और पुराने घर में कम जगह होने से लड़की वाले ठिठकते हैं पर लड़की यह काफी अच्छी है...तू अब फ्लैट भी तो ले सकता है...हमारी तरह........?"

"नहीं मुझ से अलग नहीं रहा जाएगा।'

"तो बहू को रखेगा कहां? चौक में?"

"अरे जेब में रुपया होना चाहिए भाभी, आजकल रोज नई बहू मिल जाती हैं। एक-से-एक अच्छी।"

"चल झूठा कहीं का।"

"तुम्हारी कसम। कहो तो जिस कॉलेज में तुम पढ़ाती हो उसी की लड़की–रेट जरा हाई हैं, पर तीन चार लड़के शेयर कर लेते हैं। देखोगी तो सपने में भी यकीन नहीं करोगी...।'

उसने चिल्ला कर कहना चाहा था, तू झूठ बोल रहा है मुझे बना रहा है, पर कुछ नहीं कहा। विशु की आवाज में कुछ था। सुनती ही गई।

"जानती हो जहां से तुम कह रही थी टी.वी. सेट खरीद कर लाई हो। उस जगह जो लड़की काम करती है–याद है?'

"हां, अच्छी थी देखने में, पर कुछ बदतमीज जरूर थी।"

"क्यों न हो। नौकरी तो दिखाने को है। साढ़े तीन सौ लेती है। दोस्तों के कई संडे बड़े मजे में कटे हैं उसके सहारे...।"

कहना चाहती है और तू भी क्या 'दोस्ती' का दस्तूर निभाने उनके साथ रहता है। पूछना चाहती है तुझे क्या बुरा नहीं लगता विशु? चिल्लाना चाहती है, कहो यह झूठ है। झूठ है। विशु ऐसा कभी नहीं है, और लड़कियां शौकिया नहीं बिकतीं, सिर्फ मजबूरी में ही। पर वह चुप बैठी रही। और चुप हो गए विशु ने तीसरी सिगरेट सुलगा ली। विस्मय में डूबी अपने आप से कुछ कहती उसकी आवाज ने कहा था, "तभी!"

और कश लेता विशु रुक गया था।

"तभी क्या?"

"पता है! एक दिन मैं घर आ रही थी। तो एक सफेद एम्बेसेडर गाड़ी ने मुझे ओवर टेक कर मेरी गाड़ी के आगे गाड़ी अड़ा-सी दी। उसका ड्राइवर बड़ी टेढ़ी-मेढ़ी सी गाड़ी चला रहा था। मैंने गुस्से से उधर देखा तो वह अपने रियर व्यू मिरर में मुझे देखकर हंस रहा था। सरदार था कोई। फिर उसने गाड़ी से बाहर पूरा हाथ निकाल कर पंजा फैला दिया।

उसके बाद मुट्ठी बन्द कर खोली और चार उंगली दिखाई। मुझे कुछ समझ ही नहीं आया था तब। पर अभी-अभी जो तू कह रहा था न तो मुझे ख्याल आया कि वह कह रहा था 'हम पांच हैं चार सौ देंगे ...।'

"भाभी।"

"क्यों? बिगड़ क्यों रहा है? ऐसी तो बुरी नहीं हूं देखने सुनने में।"

"चुप नहीं रहोगी क्या?"

"कसम से विशु मैंने तो सोचा भी नहीं था अपनी वैल्यू के बारे में।" सन्न-सा एक थप्पड़ उसके गाल पर पांचों उंगली के निशान छोड़ गया था। वह जरा भी नहीं तिलमिलाई थी। सूनी निगाहों से देखकर बोली थी, "देख अगर मेरा विशु, हमारे घर का बच्चा उनके पास जा सकता है तो वे मेरे पास क्यों नहीं आ सकते...।"

बहुत रोया था वह चुप बैठे-बैठे। फिर वही उठी थी। हिचकियां भरते विशु के पास बैठ गई थी।

"मां...मां...अम्मा...।'

"हां, विशु, हां। तेरे पास ही हूं।" और उसका जी किया था कि वह आंचल में उसे ऐसा छुपा ले कि वह अकेला न रहे। वही पन्द्रह बरस पहले का अबोध विशु।

पर उस दिन जो विशु गया, तब से मुंह ही छिपाता फिरता है। जितनी ममता से विह्वल वह बाट जोहती है उतना ही ग्लानि से घुटा वह कहीं फिरता है। और जब आता भी है तो खुलता नहीं। वह ज्यों-ज्यों उसके प्रति सजग होती है त्यों त्यों वह लापरवाह। कभी वह कई दिन में आता है तो उसका जी करता है कस कर पीट दे फिर आप-ही-आप वह हार जाती है। दौड़ कर द्वार खोलती है, विशु हंसता है तो वह चिढ़ कर बोलती नहीं। और आजकल तो सड़क पर आते-जाते कॉलेज में उसे शरीर ही शरीर नजर आते हैं। कभी किसी खास उभार से भरे वक्ष पे नजर जाती है तो सोचती है इस उभरे वक्ष के कारण कीमत मिलती है या कीमत

लगते रहने से वक्ष उभरता है। फिर ऐसी ऊटपटांग बातें सोचने से झल्ला कर वह खुद ही को कोस लेना चाहती है। सोचती है यह सब तो सदियों से होता आ रहा है वही क्यों आतंकित हो रही है।

ताला बन्द अंधेरे में उसकी आंखें धीरे-धीरे लग गई थीं। जगी अधजगी उसने एक स्वप्न भी बुन लिया। उसने देखा विशु के मित्र हैं फिर मित्र नहीं एक बैल है। विशु है और एक गड्ढे में खड़ा है। गड्ढे के सिरे एक छोटा लड़का ताली बजा-बजा कर उछल रहा है और गढ़े में वी.डी. ग्रस्त बैल सिर झुकाए शून्य खड़ा है। स्वप्न देखते-देखते आंखें खुल गईं। उसका जी जैसे उड़ गया एकदम। सुबह के अनिश्चित उजाले में उसका दम घुट रहा था। दरवाजा खोल वह बाहर आई कि कैलाश के उठने से पूर्व ही चुपके से जाकर कहीं खुले में बैठेगी जहां हवा साफ हो। पर बाहर निकली तो कैलाश और वह लड़की जाने को तैयार खड़े थे। कपड़े से मोटर साइकिल झाड़ते कैलाश को उसने कहा, "चाय तो बन सकती है?"

"नहीं जीजी, मीना को होस्टल पहुंचना है।"

उसने लड़की की ओर देखा जो सारी रात उसके घर सोई थी पर सुबह-सुबह वह जरा सी अपनी नहीं लग रही थी। बिना मेकअप के भी सुन्दर उसके चेहरे पर रात यहां ठहरने के कारण कहीं भी झिझक नहीं थी। न सुबह सुबह उठने की झुंझलाहट, जैसे वह आश्वस्त हो कि समय पर पहुंच ही जाएगी। बनियाननुमा अपने सूती ब्लाउज को उसने नीचे की ओर खींचा तो उसके वक्ष की गोल गदराई ने उसकी कमर को बहुत नाज़ुक बना दिया और भरे भरे उसके कूल्हों की शेप सुबह के शान्त पल भर झिंझोड़ गई। उसने दोहराया, "चाय बना दूं।"

"नहीं जीजी, मीनू को देर हो जाएगी" मोटर साइकिल पर कपड़ा फेरते कैलाश को उसने कुछ पल एकटक देखा। इसे ही दो बरस कन्धे से लगा थपक-थपक कर सुलाया करती थी। उंगली पकड़कर स्कूल

पहुंचती थी। बरसों होमवर्क करवाया। सच, उसको 'जीजी' कहने वाला कितना अजनबी लग रहा था, छोटा भाई कतई नहीं। सुबह-सुबह कैलाश की आंखों पर चढ़ा काला चश्मा उसे और अजनबी होने में मदद कर रहा था। रह गया था उसका एक शब्द 'जीजी"। मोटर साइकिल झाड़ कर वह सीधा हुआ और मीना उसके पीछे बैठ गई। बैठते समय वही गोल गदराते वक्ष ने उन सब अभिवादनों की जगह ली, जो चलते समय हुआ करते हैं। और फड़फड़ाहट से स्टार्ट होती मोटर साइकिल के शोर में यदि उसने 'नमस्ते' या 'थैंक यू' जैसा कुछ कहा भी हो तो वह सुन नहीं सकी।

मेहमानों के जाने के बाद और अधिक सुनसान हो गई अपनी बैठक में वह आ बैठी है। बहुत जी कर रहा है कि कोई एक प्याला चाय बना दे। सिर में झनझनाता-सा दर्द है पर वह बैठी है चाय की सख्त जरूरत महसूस करती। रात भर जगी किरकिराती उसकी आंखों में वही उभरी गोल गदराहट बार-बार सिनेमा के सीन-सी आ रही है जो आंखें मलने पर भी नहीं जाती।

उसका छोटा भाई, अपने जीजा जी की अनुपस्थिति से लाभ उठा जो लक्ष्मण रेखा आज उलांघ गया है उसकी झेंप कब तक उसे यों ही कचोटेगी इसका क्या कुछ भी भान होगा स्वयं कैलाश को या इस लड़की को जो कभी वधू बन, स्वयं उसकी छोटी भाभी हो, घर आ सकती है!.

कैसी लक्ष्मण रेखा–उसने उठते हुए सोचा–जहां विशु जैसा देवर हो, कैलाश जैसा भाई और मीना जैसी भाभी।

पड़ोसिन जीजी

बाहर गली में इतना कोलाहल हो रहा था कि सोते से जाग गई। खिड़की से देखा जमघट लगा था बच्चों का। एक पागल को घेरे थे सब। पागल नग्न प्रायः ही था। इसी से आवारा छोकरे उसे छोड़ नहीं रहे थे। कोई धूल उड़ाकर उसकी ओर उछाल देता, कोई ढेला पत्थर। हताश पागल सबको मारने दौड़ा। कुछ देर को भीड़ छंट गई। और वह वहीं, हाथ में सिर पकड़, जोर-जोर से रोने लगा....

खिड़की बन्द कर मैं हट आई। अधिक देखा नहीं गया। पागल मैंने पहले भी देखे हैं, और भी देखने को मिलेंगे ही, पर मन पता नहीं कैसा कैसा हो गया है। रह रह कर जिज्जी की याद आ रही है।

जिज्जी को मैंने जब पहले-पहल देखा था, मैं पांचवीं में पढ़ती थी। अधिक समझने सोचने योग्य शक्ति तब मुझमें नहीं थी। जिज्जी मुझे बहुत अच्छी लगतीं। वह मेरी सगी नहीं, रिश्ते की थीं। स्कूल से आकर मेरा उनके यहां जाने को जी चाहता। पर मां जाने नहीं देती थीं। जब तब नजर बचा मैं पहुंच ही जाती। वह भी मुझे देख खिल-सी जातीं। मैं नहीं जानती थीं कि बाहर के संसार से मैं उनका एक मात्र सम्बन्ध थी।

जिज्जी तो मुझे अच्छी लगतीं, पर उनकी सास से मैं डरती थी। वह कभी मुंह से कुछ नहीं कहतीं पर आते जाते मुझे तरेरती जाती थीं। मैं सहम-सहम जाती! और जीजा जी!

कैसे थे वह! उनकी याद मात्र से मेरे रोंगटे खड़े हो जाते हैं। दीदी

थीं कृशकाय, बेहद सुन्दर और जीजा जी, मोटे तो नहीं थे पर पता नहीं मुझे, उन्हें देख दैत्य याद आते। हमारा नौकर जो कहानियां मुझे सुनाता था, मुझे लगता उनके दैत्य भी अवश्य ही जीजा जी जैसे ही होंगे। जीजा जी की घनी-घनी मूंछें थीं और आंखें सदा लाल रहती थीं। वह धोती कुर्ता पहनते, और पता नहीं क्यों सदा गुर्राते रहते। गुर्राना उनकी आदत है, यह उनके पास बैठकर क्षण भर में मालूम हो जाता।

जिज्जी को देख उनकी गुर्राहट बढ़ क्यों जाती थी, यह मेरी समझ में कभी नहीं आया। हां, इतना मैं समझ गई थी कि पति की आहट पाते ही जिज्जी रुआंसी हो जाती, मानो कहीं छुपना चाहती हों। और फिर अवश-सी वहीं सिमट कर रह जातीं।

आज जब सोचती हूं तो लगता है जिज्जी को सदा बहुत काम रहता था, और बोलती वह बहुत धीमे थीं। महीने में एक आध दिन वह कोठरी में फटे टाट पर जमीन में गठरी-सी बनी पड़ी रहतीं। बस उस दिन उनसे बातें होतीं। वह मुझे संकेत से चौक पर बैठाल देतीं। उस दिन उन्हें कोई काम नहीं करना होता था।

ऐसे ही एक दिन उन्होंने समय काटने को मुझसे कोई पुस्तक ला देने को कहा। मैंने अपनी समझ से प्रेमचन्द का *मानसरोवर* उन्हें ला दिया। लाकर बोली–"जिज्जी लाई हूं। भैया कहते थे बड़ी अच्छी किताब है।..."

किताब देखते ही जिज्जी प्रसन्न हो उठीं, बोली, "ला, दिखा क्या लाई है। मेरा तो किताबों को जी तरस गया। यहां कोई पढ़ता ही नहीं...क्या नाम है किताब का... ?"

"मानस रोवर। पढ़ लोगी तो और ला दूंगी। हमारे घर में बहुत किताब हैं... ।"

मान सरोवर ?–जिज्जी की समझ में कई बार समझाने पर भी नहीं बैठा तो मैं अपने को बहुत विदुषी समझने वाली, उन्हें मूढ़ा समझ बैठी।

आंचल से किताब खोलते ही वह हंस पड़ीं।–"अरे! *मानसरोवर* क्यों नहीं कहती लड़की। पांचवें में हो गई।"

दो दिन बाद उनके घर गई तो जिज्जी नहीं मिलीं। अपनी लाठी से भैया की पुस्तक मेरी ओर ठेलती हुई उनकी सास बोली–ए छोरी यह किताब लिए जाव...!'–मुझे बुरा लगा। किताब उठा कर चली आई। किताब की दुर्दशा देख तो जिज्जी पर क्रोध कर बैठी थी! पन्ने जगह-जगह से नोच कर फाड़ डाले गए थे। भैया के डर से किताब मैंने सोफे के नीचे छुपा दी थी। जब पूछेंगे देखी जाएगी।

मैं फिर बहुत दिन उधर गई नहीं। एक दिन उनके दरवाजे पर नई गाड़ी देखी। कौतूहल हुआ। गाड़ी जब चली गई तो उसके बहुत देर बाद मैं उनके घर गई। दरवाजा भीतर से बन्द था। जोर-जोर से आवाजें आ रही थी। झगड़े की सम्भवाना से मैं उल्टे चली आई।

रात में फिर आना हुआ किसी काम से। मेरे अतिरिक्त मां किसी और को तो उनके यहां जाने ही नहीं देती थी। जिज्जी अपनी कोठरी में चुपचाप बैठी थी। किवाड़ खोला तो कुछ प्रकाश उनके मुंह पर पड़ा। वह मुझसे बोली नहीं। मुझे भी मान हो आया। चुपचाप उन्हें देखती रही। उनके चारों ओर सामान बिखरा था। लाल छापे की सिल्क की नई साड़ी, फल, मिठाई, एक अंगूठी की डिबिया। सोचा दीदी स्वयं ही कुछ बोलेंगी। वह बोली नहीं।

मैं बैठ गई। जिज्जी रो रही थीं। पूछा–क्यों रोती हो? वह चुप। उनकी बड़ी-बड़ी पत्ते-सी आंख में ढेर-सा जल भर आता...जब तक वह धारा बनकर बहता और ठोड़ी के पास बूंद-बूंद हो गिरता–ढेर-सा ही और पानी आ जाता...

थक कर मैं वहां से चली तो बाहर के कमरे में जीजा जी और उनकी मां किसी समस्या पर विचार-विमर्श कर रहे थे, मैं दबे पांव खिसक गई।

सुबह स्कूल जाने लगी तो जिज्जी के घर के बाहर कुहराम मचा था।

पुलिस भी थी और सारा मुहल्ला जुड़ा था। मैं छोटी-सी थी इसी से कन्धे से जगह बनाती भीतर जा पहुंची।

रसोई के बाहर कपड़े से ढकी जिजी पड़ी थीं। एकाएक नहीं समझ सकी कि क्या हो गया! धीरे-धीरे समझ आने लगा। लोग कह रहे थे,–जल मरी बेचारी। बड़ी भली थी। मुंह में जुबान तो थी ही नहीं! ... क्यों? जली क्यों?–कल रात झगड़ा क्या हो रहा था? और इसके आया कौन था? लोग एक दूसरे से पूछपाछ रहे थे।

किसी ने बताया–"जो आदमी कल इससे मिलने आया था कार में, उसी को लेकर झगड़ा हुआ...राम जाने कौन था। सुना है सामान भी लाया था...

दूसरा कोई बोला, "अरे यह तो बिना मां-बाप की थी, इसके पीहर का तो कोई है नहीं। कोई मिलने वाला होगा..." बात फुसफुसाहट में बदल गई थी। जितने मुंह उतनी बात!

तभी इन्स्पेक्टर ने चादर थोड़ी खिसका दी और एंक ही झटके से ढक भी दी। मैं भय से चीत्कार कर उठी थी। सबने मुझे वहां से निकाल भगाया।

अब जिज्जी का नाम घर में कोई नहीं लेता। कुछ भूल गए हैं कुछ याद रखना नहीं चाहते। पर मैं नहीं भूलती। कुछ दिन तो हर ओर उनकी ही चर्चा रही थी।

जिज्जी बिना मां-बाप की थीं। मामा ने ब्याह किया था इस जगह। पता नहीं उनकी सास उनसे सन्तुष्ट नहीं रहती थीं। इकलौता बेटा था कहती थीं, 'भुखमरों के यहां की लड़की ब्याह लाया।' और जीजा जी बेहद शक्की थे। न जिज्जी को कहीं आने जाने देते, न पढ़ने लिखने ही। जिज्जी का रूप, गुण न होकर दोष था। भरी जेब वाला जेबकतरों से सावधान रहता है, ऐसे ही थे जीजा जी। जिस दिन जिज्जी जल मरीं उस

दिन उनकी बचपन की सखी के पति आए थे। वह सखी और उसका पति बहुत सालों से विदेश में थे। अब देश लौटे तो बहुत धन लेकर। सखी को दीदी की सुध आई। उसने बहुत आग्रह कर अपने पति को जिज्जी के यहां उपहार इत्यादि देकर भेजा था। जिज्जी उन्हें जानती नहीं थीं। जिज्जी के उत्तर से घरवाले सन्तुष्ट नहीं हो सके थे। प्रतिवाद को जुबानदराजी कह, जीजा जी ने उन्हें पीटा था। जिज्जी ठहरीं सती साध्वी/अभिमानी। लांछन न उठा सकीं। जब उनकी आत्महत्या का रहस्य खुला तो जैसे सारी बिरादरी ने एक ही सांस से कहा, "अच्छा ही किया, जान छूट गई। दिन-रात नाकों चने चबवाएं थे, बिचारी यतीम से। मर कर छुट्टी हो गई!"

उनकी सास जीजा जी का दूसरा ब्याह रचा रही हैं। सुनकर भैया ने जमीन पर थूक दिया था। पर विवाह हुआ नहीं, जीजा जी पागल होकर घर से निकल गए। पता नहीं कहां होंगे...।

कोट

'उफ फिर उठ गया।' गुलाब झटके से उठ बैठी।

'जरा झपकी आई थी कि बहादुर का वही उं–आ उंआ', खीज उठी गुलाब। यन्त्रवत गोदी में उठा फिर से थपकने लगी। 'आ जा री निन्दिया आजा री-आ जा बेटे को सुला जा री निन्दिया आ जा री आ जा'–ठण्डी हवा से गुलाब का शरीर कांप-कांप जा रहा था उसने बहादुर को और भी कस कर भींच लिया।

आज तीन दिन तीन रात से यही क्रम जारी है। जरा लेटते ही बहादुर बेचैनी से चीख-चीख कर रोने लगता है और सब काम छोड़ गुलाब उसे थपकने लगती है। कितना थक गई है गुलाब। उसके कन्धों में, गर्दन में, हथेली में, कैसा दर्द हो रहा है। कमर जवाब दे रही है, बैठे भी नहीं होता।

गुलाब की आंखें छलछला गईं। कभी उसका जी चाहता है रेल के नीचे सिर दे दे। जरा-सा संखिया खा ले। सिहर गई वह। पांच ही महीने तो हुए बहादुर के बापू को गुजरे, इतने में ही क्या हो गई वह।

बहादुर फिर चीखा। गुलाब और भी जोर से थपकने लगी। और जोर से गाने लगी। सहम कर बहादुर कुछ चुप हुआ। गुलाब ने पीठ दीवार से टिका दी। ठण्डी दीवार के स्पर्श से उसकी आधी नंगी कमर की त्वचा सिमट गई। क्या करे, इस थके शरीर को आराम नहीं।

सुबह से लाइन में लग कर दवाई लाई थी। कितनी देर खड़ी रही

होगी वहां–पता नहीं। कुछ घंटे खड़े रहने के पश्चात् तो समय का पता नहीं चलता जैसे प्रतीक्षा कभी न समाप्त होने वाली हो जाती है। हां वह जब गई थी तब कूहरे के मारे दिखाई नहीं देता था, और उसका नम्बर आने तक जनवरी की धूप भी झिल नहीं रही थी। बहादुर कुम्हलाया जा रहा था और गुलाब का निराहार ठण्ड से अकड़ा, और गर्मी से चुनचुनाता शरीर, मूर्च्छित-सा हुआ जा रहा था। ऊपर से बहादुर का हर दस पन्द्रह मिनट के पश्चात् वही उं आ–उंआ, पर गुलाब अकेली नहीं थी, उसके जैसी बीमार बच्चों की, कितनी ही माताएं, वैसे ही घण्टों प्रतीक्षा में बैठी थीं। कुछ खड़ी थीं, थक कर कुछ तो जमीन पर लेटी लेटी सो ही गई थीं।

गुलाब की इच्छा कितनी बार होती कि चली जाए। पर जाती कैसे? उसकी आंखों में नर्स के हाथ की लम्बी-सी सूई घूम जाती। कम्पाउण्डर की दी दवाइयां और बड़ी डॉक्टर के आश्वसन भरे बोल आ जाते। 'घबरा नहीं माई। ठीक हो जाएगा। कल फिर दिखा जाना दवाई ले जाना।' और गुलाब सारा का सारा कष्ट भूल जाती। अस्पताल की बगीची में खिले गुलाबों सा, उसे लगता, उसका बेटा भी नवजीवन ग्रहण कर रहा है। उसकी चलती पसली, और बजती सांसें, ठहर गई हैं। अब वह आराम से सांस ले रहा है। जैसे तैसे सूख कर कांटा हुए बहादुर के बोझ से भी दबी-दबी गुलाब अपने घर लौटती, और ऐसा पड़ती कि जैसे अब नहीं उठेगी, नहीं उठेगी।

फिर वही 'उआं', गुलाब को क्रोध हो आया। दांत किटकिटाती बोली "आप तो चले गए स्वर्गधाम, और मुझे यह मुसीबत छोड़ गए–कुछ तो सोचते–अरे चुप कर कम्बखत–खाए जा रहा है। क्यों चीखता है अभी तो मैं जिन्दा हूं तेरे लिए–सो जा बेटे सो–जा–"

गुलाब को काम पर गए दो दिन हो गए हैं। आज सुबह छुट्टी मांगने गई थी, तो तीन में से दो बीबियों ने नई बाई लगा लेने की धमकी दी।

तीसरी ने उसे कामचोर कहा। सब कुछ सुन वह होंठ भींच चली गई। वह क्या करे, दवाई लेने जाए कि कपड़े धोने–तीन घरों में कपड़े धोती है। दो में सुबह शाम बर्तन मांजती है। पहले दिन जब बहादुर बीमार पड़ा था, तब वह डॉक्टर से दवा ले आई थी। सवा रुपया लग गया था पर लाभ कुछ न हुआ था। दूसरे दिन डॉक्टर ने दवा का नाम लिख दिया। बाजार में दाम पूछे सात रुपये तीस पैसे! सुनकर वह सफेद पड़ गई थी। बहादुर के बुखार से तपते शरीर को देख, अपनी बचत का आखिरी नोट भी वह दवाई वाले को दे आई थी। तब उसकी पड़ोसिन ने समझाया था, 'कलावती सरन अस्पताल जा वहां दवाई के पैसे नहीं लगते। इलाज अच्छा होता है।'

भला करे ईश्वर उस दयामयी का जिसने यह अस्पताल चलाया होगा। गुलाब जैसी सैकड़ों अभागिनें अपने अभागों को दिन रात नया जीवन वहां से दिलवाती हैं। आंखों में आंसू, दिल से दुआ देती चली जाती हैं, और जो लड़कियां-सी दिखने वाली छोटी-छोटी डॉक्टरनियां हैं, कैसा मीठा झिड़कती हैं, प्यार से समझाती हैं।

गुलाब ने दो दिन से ठीक तरह खाया नहीं। एक तो वह थक गई है, दूसरा बहादुर कुछ देर को पड़ता ही नहीं, कि कुछ बना खा सके। सुबह-सुबह साथवाली को दो मुट्ठी आटा दे आई थी, वही दो रोटी आज दिन भर उसने खाई है। उसका शरीर बैठता जा रहा है। सर्दी में छपाक छपाक ठण्डे पानी से कपड़े धो कर उसके हाथ कैसे हो गए हैं।

भूख, थकन, चिन्ता और ठण्ड से गुलाब का चेहरा विकृत हो रहा था। उठ कर उसने पति का कोट पहन लिया। मर्दाना कोट पहने देख उस पर हंसते हैं। पर उसे चिन्ता नहीं। अपनी पुरानी शाल में वह बहादुर को लपेट लेती है। स्वयं क्या करे? बीमार पड़ गई तो कौन कमाएगा, कौन पकाएगा, बहादुर को संभालेगा। गरीबी में तो सगे भी दुश्मन हो जाते हैं। झांकते तक नहीं–

बहादुर फिर चीख चीख कर हाथ पैर उछालने लगा। थपकने से गुलाब की उंगलियां ऐंठ चलीं–पर उसका चीखना जारी था। 'अरे चुप हो जा! किसे रो रहा है–चुप भी कर–।' गुलाब जितना पुचकारती वह उतना ही रोता। गुलाब को चक्कर आने लगा। उसका सिर घूम रहा था और सिर में हथौड़े-सी आवाज पड़ रही थी। उं आ उंआ! एक कस के चांटा उसने जड़ दिया बहादुर के। रोना द्विगुणित हो गया। विक्षिप्त हो गई गुलाब! उसके पंजे फैल गए। उंगलियां अकड़ गइ और उसके हाथ बहादुर के गले पर जा पड़े। रात-रात भर के जागरण से फैली उसकी आंखें विकृत हो उठीं। एक बारगी लगा कि वह बहादुर का गला घोंट देगी।

तभी आंखें खोल दी बहादुर ने। गुलाब की उंगलियां ढीली पड़ गईं, हाय राम! पागलों-सा उठा कर उसने बहादुर को चूम लिया–चूमती ही गई। मेरा बच्चा! मेरा लाल! हाय मैं मर जाऊं–क्या करने लगी थी!

सूरज की पहली किरण ने झरोके से झांककर देखा बहादुर मां का स्तनपान करते सो गया था। अब उसकी सांस ठीक चल रही थी और मृत पति का कोट पहने, दीवार से टिकी गुलाब दीन दुनिया से बेखबर सो रही थी–

समय का कोल्हू पेरने को उसका जीवन...बैल सा पसरा, कुछ देर को पड़ा, आराम कर रहा था।

कीमत

खिड़की का पर्दा हटा कर नीला ने बाहर देखा। बर्फ अभी भी तेजी से गिर रही थी। यद्यपि अन्धड़ बन्द हो चुका था। आज तीन दिन हो गए हैं लगातार बर्फ गिर रही है। सड़कों पर दो-दो फुट ऊंची बर्फ की ढेरी लगी है। राह चला भी नहीं जाता। नीला ने लम्बी सांस खींची। अनमनी-सी हो उठी। मनोज भीतर टाई लगा रहा था दफ्तर का समय हो गया था। नीला को कुछ याद हो आया बोली, "मनोज इस बार इण्डिया चलेंगे तब....।"

"इण्डिया! इण्डिया!! इण्डिया!!! तंग आ गया हूं इस बकवास से। नीला तेरा वहां है क्या जो हर समय इण्डिया की ही रटन। किसने कहा था यहां आओ...।" नीला सहम कर पीली पड़ गई। मनोज गुस्से में कहे चले जा रहा था। "जब देखो इण्डिया। नहीं जाना मुझे। मैंने रोका तो नहीं.. चली जाओ...।" बड़बड़ाता मनोज किवाड़ को जोर से बन्द करता बाहर निकल गया। पालने में पिन्टू सोई थी, शोर से चौंककर रोने लगी। नीला ने जल्दी-जल्दी थपका कर सुला दिया पिन्टू को। आज बहुत उदास हो गई है नीला। वैसे तो मनोज का कुछ भरोसा नहीं कब गुस्सा कर बैठे पर आज सुबह-सुबह अकारण इतनी बात कह गया। सोफे पर बैठते-बैठते नीला के आंसू बह चले।

क्या करे नीला? उसका दिल नहीं लगता यहां पर अब। कितने दिन हो गए हैं भारत से आए। कब जाना होगा...।

जब वह नई-नई आई थी तो जैसे खो गई थी न्यूयार्क के 'फिफ्थ

एवन्यू' पर। कितना बड़ा था, न्यूयार्क। कितनी बड़ी-बड़ी दुकानें थी वहां। तब तक पिन्टू का भी बन्धन नहीं था। नीला घण्टों अपने होटल से आकर 'डिपार्टमेन्ट स्टोर' में घूमती रहती। जब तक उसके पैर दुख नहीं जाते उसकी जाने की इच्छा नहीं होती। आलू, प्याज से लेकर मोटर कार तक बिकती थीं उस एक दुकान में, लेकिन अब तो कुछ भी क्रय करने की उसकी इच्छा नहीं होती। उसके सन्दूक ऊपर तक कपड़ों से अटे पड़े हैं। बिजली की कोई ऐसी चीज नहीं जो उसके पास न हो और फिर लेकर कैसे जाएगी इतना सब सामान।

मनोज यहां रिसर्च स्टाफ मेम्बर है एक बड़ी फर्म में। नए-नए अनुसन्धान करता रहता है। मोटी-सी तनख्वा पाता है प्रति मास की पर नीला को तो जैसे सुख रोग हो गया है। वह खुश नहीं। उसकी बैठक से लेकर गुसलखाने तक में कारपेट बिछे हैं, दो-दो कारें हैं, मोटा-सा बैंक बैलेंस भी है। मनोज का कम्पनी में नाम है, इज्जत है पर नीला को तो जैसे लहरें उस पार बुलाती रहती हैं जहां अमुआ का सन्देश, कोयल दे जाती है, वर्षा का मेघ। जहां उसके कॉलेज का लॉन जनवरी के महीने में दुल्हन-सा खिल जाता है, जहां शाम को ढेर के ढेर लड़के जनपथ पर सीटी बजाते चलते हैं।

नीला को अपने विवाह का दिन याद आया। वह कितनी प्रसन्न थी अमेरिका जाने के नाम से ही। उसकी सखी रेणु तो ईर्ष्या वश उससे बोली भी नहीं थी। विवाह के बीस दिन बाद ही दूसरी विदा दी थी सबने नीला को, किन्तु इस बार नीला जल्दी ही उदास हो गई थी। उसे कितनी लालसा थी ढेर सारे देश देखने की, बरफ देखने की।

'उहूं' यही बरफ उसकी दुश्मन हुई जाती है। कितने दुलार से मुट्ठी में बरफ के गोले बनाए थे, जीवन में प्रथम बार नीला ने। जनेवा की सड़कों पर उसके पैर जम गए थे, पर कितनी प्रसन्न थी बार-बार अपने कोट पर पड़ी बरफ को छू कर देखती। अब उकता गई है नीला बरफ से। जब देखो गिरती ही रहती है। न बाहर निकल सकती न कहीं जा सकती।

पिन्टू अभी छोटी है उसे लेकर जाने में फिसलने का, सर्दी लग जाने का भय बना रहता है और जब तक बरफ गिरती है मनोज कार चलाने नहीं देता। नीला को अभ्यास नहीं। इन तीन कमरों के अपार्टमेन्ट में उसका दम घुटने लगता है।

उसे याद आया करती है अपने घर की, कॉलेज की, विश्वविद्यालय की और कनाट प्लेस की दिल्ली की हर सड़क हर गली, हर शाम, हर सवेरा उसे याद आता है और नीला छटपटा जाती है। काश वह चिड़िया होती छोटी-सी और उड़कर पहुंच जाती...।

नीला की स्थिति मनोज समझता है कुछ-कुछ। शादी के बाद ही उसे ले आया था। यहां लम्बे वर्ष हो गए उन बातों को। बेचारी छोटे बहन भाइयों का मुंह देखने को तरसती होगी। तभी हर छः महीने बाद सबको फोटो भेज देने का आग्रह करती रहती है। और फिर प्रिन्सटन छोटा सा शहर है। दूर-दूर पर घर हैं। नीला की अधिक मित्र नहीं हैं। यहां न्यूयार्क जैसी चहल-पहल भी नहीं। पास में पुस्तकालय की सुविधा भी तो नहीं, पर न्यूयार्क घूमने जाया जा सकता, वहां रहना तो सम्भव नहीं। बड़ा शहर है मकानों की दिक्कत। सभी शहर से 15 बीस मील पर रहते हैं। मनोज को तो यहां रहते आठ वर्ष हो गए। पहले पढ़ने आया था फिर विवाह पश्चात् नौकरी पर। उसे कुछ आदत हो चली है। उसे घर की याद न आती हो ऐसी बात नहीं।

नीला की बढ़ती उदासी देख मनोज दो एक विज्ञापन ले आया था लाइब्रेरी से। नीला को दिखाकर बोला, "दो-तीन जगह खाली हुई हैं कानपुर, देहली, बाम्बे में, कहे तो अप्लाई कर दूं।" और नीला की आंखें चमक उठी थीं। मनोज के कन्धे पर झूलती एकदम प्रसन्न हो गई थी बोली नहीं थी कुछ। मनोज ने कहा था "स्केल बहुत 'लो' हैं। इतने कम में रह सकोगी?" "यही बहुत है मनोज तुम लिखो तो सही। और लोग तो इससे भी कम में गुजर कर लेते हैं। न होगा दो चार साल में फिर

लौट आएंगे, या वहीं प्रोमोशन मिल जाएगा।"

मनोज ने तीनों जगह प्रार्थना पत्र भेज दिए थे। हवाई डाक से भेजने में काफी डाक खर्च आ गया था। सात महीने हो गए उस बात को। नीला दिन-रात घर लौटने के दिवास्वप्न में खोई रहती है। लेकिन मनोज चिड़चिड़ा होता जा रहा है। जाने क्या हो गया है मनोज को...।

परसों एक आयोजन था। भारत सरकार के उच्च पदाधिकारी आ रहे थे। नीला को बड़ी इच्छा थी उनको देखने की। मनोज को ले जाना पड़ा। अपने भाषण में वे कह रहे थे "देश को विदेशों में शिक्षा प्राप्त वैज्ञानिकों इन्जीनियरों इत्यादि की विशेष आवश्यकता है। आप लोगों का परम कर्तव्य है कि शिक्षा समाप्त करते ही देश लौट जाएं...।" और भाषण के बीच में ही पैर पटकता मनोज बाहर निकल गया था। नीला अवाक् रह गई थी। मनोज के क्रोध से तमतमाए चेहरे को देख उसे कुछ पूछने का साहस नहीं हुआ था। उसे याद था डॉक्टरेट की उपाधि पाकर मनोज जब दिल्ली लौटा था, तो चार-पांच महीने उसे कोई अच्छी नौकरी नहीं मिली थी। लेकिन यह विवाह से पहले की बात थी। विवाह के तुरन्त बाद ही वह यहां आ गया था...।

बाहर दूध की गाड़ी आ गई। 'मिल्क मैन' ने घण्टी दी तो नीला उठी। उसकी विचारधारा का क्रम टूट गया। खिन्न-सी वह काम काज में लग गई। मनोज के सब कपड़े पलंग पर फैले पड़े थे। उन्हें समेटते हुए नीला को याद आया, मनोज कह गया था बरफ गिरनी बन्द हो जाए तो बैंक में पगार का चेक जमा करवा कुछ डॉलर निकलवा लाए। नीला ने पैंट की जेबें देखीं, चेक उनमें नहीं था। कोट की अन्दर की जेब में कुछ कागज थे नीला ने निकाल लिए। पगार चेक के साथ दो पोस्ट कार्ड थे भारत सरकार की मुद्रा सहित। कौतूहल से नीला ने पढ़ा टाइपराइटर से लिखी दो पक्तियां थीं। 'विज्ञप्त स्थान भरा जा चुका है। प्रार्थना पत्र के

लिए धन्यवाद।' दूसरे में केवल दो शब्द थे 'वेकन्सी फिल्ड'। नीला को विश्वास नहीं आया। मनोज ने तो कहा था यह नौकरियां उसके ही फील्ड की हैं और इस फील्ड में उसके जितने अनुभव का कोई भी लड़का भारत नहीं जा रहा, उसे अवश्य स्थान मिल जाएगा...।'

विस्फारित नेत्रों से नीला दोनों पत्रों को देख रही थी। इतनी कम कीमत पर मनोज लौटने को तैयार था। तो कम से कम एक सलीके का खेद तो सरकार प्रकट कर ही सकती थी। उत्तर में दो ढंग की पंक्ति लिख सकती थी। यहां तो ऐसा नहीं होता! चार हजार डॉलर का पगार चेक कब उसके हाथ से छूटकर पलंग के नीचे चला गया नीला ने नहीं जाना।

OOO